愿你
出走半生，归来
仍是少年

孙衍 / 著

增订版

人民文学出版社

献给自己

献给所有努力过的人

新版序

少年时候的光

不知道有多少人和我一样，难得有独处的时候，会去想我这几十年来认识过多少人，还记得多少人，发生过多少事情，又记得多少事情，有哪些事情值得，哪些又不值得？这是一个很简单的设问，却往往令我们陷入一种崩塌的情绪之中。

显然，既往的人和事，能记得的实在不多。往往在某个特定场合和一些投缘的人聊起，才会隐约记起一些来。

有一次去听一个高校老师讲课，他说到自己二十岁到三十岁的时候，非常喜欢折腾，早早进了一家国企，觉得一眼能看到几十年以后的自己，很快就跳出来去考研，读研期间还在政府部门挂职，接着又去考博，最后才换了现在的工作。一路上马不停蹄，回想起来竟不记得自己认识过什么人，又留下些什么。他又拿自己的一个同学举例，说其在某一岗位上一干就是十几年，深耕于那块土地，终于开花结果。他叹服同学的执着和韧性，也崇敬同学的数十年如一日的奉献精神。

当然，他的说辞有些自谦。其实，每个人的人生都是不可复制的，当你回顾以往时，总会有些遗憾，但收获也是必不可少的。

人生跌跌撞撞到了如今，我也无数次思考过自己曾经有过的梦想，有没有半途而废，有没有勇敢去追，有没有意志再出发，有没有学会趋利避害，顺其自然进入舒适区。

很多人以为，过了不惑之年，大约就要奔着知天命而去了。知天命，是多么可怕的一个词啊，像是被判了死刑。但对于我来说，我情愿是死缓。我相信很多人与我一样，一定还有一些未竟的梦想，哪怕生活一地鸡毛，也要有勇气将其拾起做成鸡毛掸子，掸去旧尘，洗去浮华，迎来那一线的生机。

时隔多年，我还记得当我准备离开部队时，作家裘山山给我的留言。她说你不要放弃写作啊,不然又少了一个军旅作家。随留言一起寄来的还有一些文学杂志,那些杂志后来在我从一个城市搬到另一个城市,从一个房子搬到另一个房子的过程中遗失了。

那时候我还年轻,写的第一篇小说就登上了《解放军文艺》,那是我们军内等级最高的文学刊物,当时我所在的大机关那几个专业创作者说,虽然你写得稚嫩,但你是我们这些人中第一个登上这本刊物的,已经很了不起了。

后来,我在北京魏公村见到了杂志的编辑文清丽和李亚,他们身上除了和我一样穿了军装以外,更多的是那种文人的低调内敛,他们说太欢迎那种来自基层的鲜活的文章了。

他们的话给了我很大的鼓舞,虽然我并不是真的在基层,哪怕我仅有的基层生活体验实在是过于短暂。

从那一刻开始,我对自己产生了怀疑,那段时间我看了很多的小说,无一例外都充满了生活的底色,而我却只能在两点一线的日子里徘徊。

我开始写散文,写故乡风物,写离人愁绪,写到后来实在没有可写的了，我开始筹备着离开部队——这个我渐渐熟悉并依赖的地方，这个我把所有的青春和热血都献给了这里的地方。

当我离开之后，辗转了几个城市，我试图忘记，忘记少年时离家奔赴边疆的慷慨勇气，忘记战友们的日夜陪伴，意气风发地开启全新的征程。

多年以后，我发现自己并没有忘记当初那个绿衣少年，我只是将他藏匿在记忆的某个角落。当我走在路上看到一个如自己当年一样穿着军装的青年面孔，我会停下脚步，思忖对方在想什么，要去干什么，会不会有和我当年一样的焦虑和茫然。

我的写作时间很长，通过写作，我看到了不一样的风景，人和事物。但写作也让我建立了自我保护的壁垒，那个敏感、脆弱、内向、羞怯的小小少年被我藏匿其中。《愿你出走半生，归来仍是少年》的出版，给了我很大的自信。书出来之后，在每一次分享会上，我看到各式各样的文学爱好者，他们都会提出一个问题，如何将自己的作品展示出去。有些人其实已经做好了准备，而更多的人，则是迈不出那第一步。

当年在窗明几净的机关宿舍里,在北京胡同的四合院里,在上海杨浦的出租屋里,在厦门鼓浪屿的别墅里,在一次又一次的旅途中。从那个自闭的、路痴的、羸弱的少年,慢慢走过来,靠着写作,我迎得了生命里的一束光,它带我走出军营,走向一个更为广阔的天地,也让我走到了与当初完全不一样的人生境地。

《愿你出走半生,归来仍是少年》这本书的再版得到很多师友的鼓励,当然也有来自方方面面不同的声音。这些声音让我真真切切地感受到了文学作品在面对读者时,需要受到的肯定、建议和批评,我都悉数接受。

如果说写作这束光曾照亮了我,那么现在,我将这束光赠予你,我亲爱的读者。愿这束光给你勇气,爱与梦想。

白居易有诗云:大都好物不坚牢,彩云易散琉璃脆。时间亦如是,光阴带走了少年的容颜,但愿带不走我们内心的渴望。

长长的路要慢慢地走,深深的话要浅浅地说。

愿你还是从前那个少年,没有一丝丝改变。

序

自渡，也渡人

如果把我三十多年的人生切割成两部分，正好一半在异乡，一半在故乡。

当很多人思虑着要不要去远方闯一闯时，我已经在外面游荡了十几年，想着归来了。

回到家乡的这几年，我一直在想，在回顾，在思考，这些年在外面做了些什么，又得到些什么。毋庸置疑，我和大多数人一样，总是遗憾大于收获。

幸好还有遗憾，我还能继续想着让自己更好一点，也正因为有遗憾，才能让自己时时处于警醒的状态。

这两年爱上长跑，正好家附近有这个城市最大的湖泊，跑一圈正好又是十公里。刚开始跑的时候，鼓足了勇气，生怕坚持不了就彻底放弃了。

　　长跑是最锻炼人心智的运动。才跑出去一公里，或许你就会气喘吁吁，腰酸腿胀，而头也开始晕乎乎起来。当你坚持到三公里时，你会觉得一切还有希望。当你跑到七公里时，你又会觉得，这路怎么这么漫长啊，到哪里才是个头啊。到九公里的时候，你突然就想爆发，觉得终点就在眼前。当你终于到达终点，那种从未有过的成就感，便油然而生。

　　人生就像长跑，我是那种过早出发的人。当初，年少轻狂，小小年纪便去了东北，在冰封雪藏的山坳里，我第一次感受到了文艺电影中的美好画面，也真切地体会到了那种彻骨的寒冷，以及艰苦生活带来的挫败感。所以，我特别喜欢夏天，喜欢知了的叫声，喜欢在凉风习习的山头望着南方，那是故乡的方向。

　　十年前，我到了北京，住在鼓楼附近的胡同里，那是一个四合院，冬天的时候，每天要烧炉子取暖。经常，因为自己不擅长做这些而被房东责怪，因为一旦熄了火，再燃起炉子非常麻烦。我就窝在那个小小的透着风的房间里，裹着军大衣埋头码字，总觉得这样卧薪尝胆，生活总会有所回报。

事实恰恰相反，那时候换了好几份工作，由于自身经验的缺乏加上底子薄，无一例外都做得不够好，心情极度低落。

后来，辗转到了上海，在一次求职中，复旦大学的教授给我做了一次心理测验，测验的结果是我的心理年龄竟然只有十三岁。然后，教授问了我一些问题，说，你心理年龄之所以低，跟你这么多年在外有关。

我很讶异，按理说，这么多年在外流浪，学会了独立，学会了自己解决问题，应该更成熟才对啊。

教授说，你以为自立就是成熟，那就错了，那只是行为上的，心理上的成熟往往要打破一些东西。小伙子，你去尝试一些你没经历过的事情吧，比如失业，比如恋爱，不要怕失败，置之死地而后生，你就真的长大了。

那几年，家中的老人相继去世，自己也经历了几段感情，工作也渐渐稳定下来。

有时候，你越怕你就越不会懂得。

现在，我经常回想起少年时代，喜欢趴在桌子上，眼睛一眨不眨地望着窗外的树顶，想着那是一座山，山上有寺庙，有香火，有人群，有飞鸟。而现在，我更关注那些树顶有没有果实。这种心理上的微妙变化，是随着成长而来的。

成长，会让你得到一些东西，也会相应地失去一些东西。在这本书里，我不但讲述了自己这些年的经历和感悟，得到和失去，更多的是反省，这些反省我想也有利于更多的像我一样，敏感过，脆弱过，彷徨过，但也一直在坚持着做自己的人们。

与朋友小酌，聊到曾经的过往，那些错过的机遇，那些擦肩的爱情，那些足以让自己飞黄腾达的瞬间。朋友问我后悔吗，我说不后悔，因为摆在面前的永远有两条路，但我只能选择其中一条。而我毫不犹豫地选择了坚持自己，做回自己。无论如何，任周遭再多变迁，初心不容亵渎。

如今，我已然告别少年，步入人人自危的中年，但仍坚信自己有一颗赤子之心，既能自渡，也能渡人。唯有如此，才能让每一个昨天真正地完美谢幕。

我们都是孤独的刺猬,只有频率相同的人,才能
看见彼此内心深处不为人知的优雅。

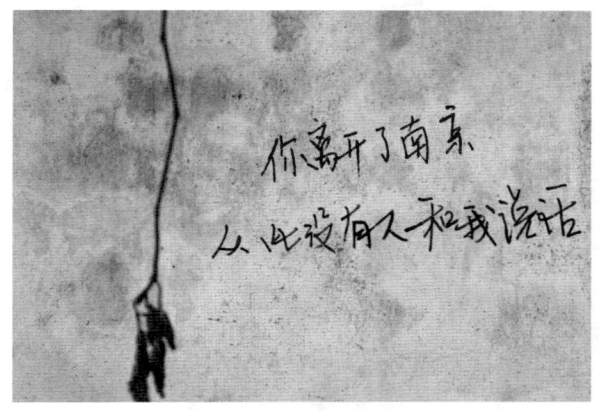

我们一辈子会遇见多少人，又会有多少人在我们的生命里走散。少年的故事里藏着哀伤、冲动,亦有冒险、勇敢、一往无前。

人的禀赋不同，自然活法不一样。你艳羡的不可得，别人负荷的也摆脱不了。就这样，兜兜转转百转千回，世界才那么有趣！

茫茫尘世，执念最伤人。

目 录

Chapter 1　直到
　　　　　长成了一棵树

别太辛苦了,记得休息 / 005

文艺,一种温柔抵抗世界的方式 / 011

不用怕,大胆去走自己的路 / 017

美好不在于富足,而是心境 / 022

心明则眼亮 / 030

你还是从前那个少年 / 035

那些不幸也许正是人生的幸运 / 040

在灾难和意外面前,且行且珍惜 / 046

星光里的赶路人 / 052

少年飞走了 / 059

Chapter 2

当我们
谈论爱情时

爱是承诺,是一场勇敢者的游戏 / 071

相爱没有那么简单 / 077

等一份爱的出现 / 083

天堂来信 / 088

一场名叫"报应"的爱情 / 095

潜望镜里的爱 / 103

你记得也好,最好你忘掉 / 110

春天走过童家巷 / 123

初恋这件小事 / 130

恰同学少年 / 137

Chapter 3

在风中追赶岁月

两个偷书的男孩 / 147

少年与枪 / 154

战友赵赵 / 161

月光下的外公 / 168

你好, 大舅 / 176

风中的琴声 / 186

瓷娃娃 / 195

火车驰向远方 / 204

时光里的老街 / 212

故乡的原风景 / 218

Chapter 4

生有热烈
藏于俗常

蟋蟀山 / 229

闺门旦 / 235

理发师 / 243

天台农场 / 250

风琴角 / 258

青花魂 / 266

美食家 / 273

竹匠老夏 / 280

聋子阿信 / 288

伺猫者 / 295

Chapter 5

那些书本教我的事

重返小说中人 / 307

看清了命运,也就理解了生活 / 312

苏轼是中国最后一位伟大的文人 / 317

看见别人的潇洒,也要看到别人的努力 / 323

开到荼蘼花事了 / 330

原谅我这一生放荡不羁爱自由 / 333

用一本书还原南京这座城市的真实面貌 / 336

来相爱吧,为了这迷死人的爱情 / 341

时光漫漶,因爱不老 / 345

我们都被
这个
世界，

温柔地
爱过。

Chapter 1

直到
长成了一棵树

"树只相信头顶的光。当你向上生长,越来越高、越走越远、超过你的想象时,所有的看好和不看好都会变得毫无意义。直到长成一棵树就够了。"

别太辛苦了,记得休息

外面大雨如注,波姗姗来迟。他说自己是走过来的,为了锻炼,冒着倾盆大雨走了将近五公里。我和峰都有些讶异,但因为是他,又都理解了。

波是个要强的人。他从苏北小镇考上省城的名牌大学,又读了本校的研究生,毕业后到电视台任职,一干就是十几年。这十几年,历经几任台长,他都任劳任怨,一直坚守着自己的岗位,前几年升任了主任助理,如今已是频道总监。

年纪轻轻,身居要职。我们都以为他要歇一口气了,甚至在去年的一次聚会上,我们举杯为他庆贺,他踌躇满志的样子毫无疑问感染到了我们。事实上，他根本没想过让自己停下来。

两年前，波患上了一种难以治愈的皮肤病。多处寻医问药后，确诊为湿疹。按理说湿疹并非"不治之症"，但在他身上却根深蒂固了一般。

我们问他发病的过程，给他出主意，介绍熟悉的医生给他，但他很淡然地说："没什么，医生都说过了，就是压力太大导致的。"

他这么轻描淡写，倒显得我们过于紧张了。压力，这个词太熟悉，熟悉到已经家常便饭，懒得提起。压力，是这个时代人人都要背负的枷锁，也是每个人心甘情愿承载的命运方舟。

波不过是方舟上的那个摆渡人，宁愿自己辛苦一点，再辛苦一点，努力一点，再努力一点。在对自己苛刻的同时，也希望身边的人生活得更好。

他脸上的一块块红斑，似乎都是对他过度消耗身体的提醒。

去年因为工作的缘故，情绪不太好，便约了朋友去东郊打球。朋友住在郊区，我要先坐地铁再倒一次公交才能抵达。

地铁上看到三三两两的学生，估计他们是趁着没课的间隙溜出来逛街的。他们的脸上洋溢着一种青春的光芒。有的交头接耳聊天，有的在玩 iPad，也有的在车厢里晃来晃去，摇摆着手上的球拍。

感受着身边浓浓的青春气息突然觉得年轻真好，有使不完的干劲。

下了地铁，上了公交车。公交车上人满为患，既有拿着老年卡凑热闹的老人，也有带着放学孩子的家长。我见一位大妈抱着一个约莫两岁的孩子，便招呼她过来坐。

大妈非常感谢我，一路上和我套近乎拉家常，说："你是第一次到这远郊来吧？"

我说："是啊，挺远的，坐了一个多小时车呢。"

大妈说："郊区是交通不便，不过空气好啊。"

那时候，正值市区大修大改期间，整个城市被灰尘笼罩，PM2.5经常爆表。

我便回她："大妈，你们生活在郊区，感受如何啊？"

大妈摇了摇头，说："好是好，不过，你看这孩子，可怜哦。"

我隐约听出些不祥的声音，便没有搭话。

大妈自顾自轻声说着，仿佛说着别人家的故事："孩子的爸爸去年参加单位组织的长跑比赛，结果猝死了，他平时体检，根本没什么病啊。你说冤不冤？可怜不可怜？"

我不知该如何接话，只好安慰说："现在空气不好，的确不宜在室外剧烈运动。"一边已经到站了。

下了车，一阵风吹过来，看着车上远去的那对婆孙，我想起了我那位因为长跑猝死的同事。

这位同事原在北京工作，因为家乡是江苏，恰巧公司又被我们集团收购，便申请回江苏工作。本以为到了南京阖家团聚，幸福美满的生活即将开始，却因为一次稀松平常的长跑活动作别人间。

他的年纪应该和公交车上那个孩子的父亲差不多，三十多岁，却永远地和这个世界做了告别。

他们或许曾想着，自己正值壮年，一定要拼一些，努力一点，一定能扛得住，加点班算什么？锻炼又算什么？连他们自己都想不到会因此而白白丢失了性命。

整整一个春天，身边的人都笼罩在一种莫名的悲伤气氛中，所有的同事都在微博上点起了蜡烛以悼念他。甚至在他逝世一周年后，仍然有同事在微博和微信中提及，希望他在那边不要那么拼。

因为是吃自助餐，我和峰都是大快朵颐，只有波安静地选了一些蔬菜和热饮。他开玩笑说："你们多吃点，一定要把我那份给吃回来。"

波说他最近买了市区的一处老房子，一边张罗孩子的上学问题，一边忙着装修。东奔西跑，晚上时常需要加班，赶在周末陪孩子上兴趣班之前，还要去东郊爬一次山。

他就像传说中的永动机，从不给自己片刻停留歇息的机会。

很快，我们便吃得很撑，只好端了咖啡坐下来聊天。波却说要提前离开了，因为他还有工作要忙。

波拿着雨伞匆匆离去,玻璃窗上印出两个黑体的大字:自由。他穿过这两个字,冲进了雨幕,直到融成一颗小小的雨滴。看着他的背影,我们只想对他说:别太辛苦了,记得休息。

文艺，一种温柔抵抗世界的方式

从前，提到"文艺青年"，大约是说这个人爱看书，喜欢舞文弄墨；喜欢音乐，差不多达到发烧友的水准；爱好电影，对于电影人和文艺片如数家珍……

不知何时开始，"文艺青年"这个词已经变得陌生，大家都唯恐被贴上"文艺青年"的标签，仿佛"文艺青年"是避之不及的一类特殊人群。

有个周末，我赶着去书店做讲座，半路上却发现相机落在了办公室，当我返回写字楼下时，才知道电梯出了故障。我只好将手上的两本诗集放到了前台的大叔那里，让他暂时帮忙保管。当我气喘吁吁地飞身下来时，那位大叔正津津有味地读着其中一本诗集,他都没有意识到有个人站在他的面前。

我抱歉地表示我要赶时间。他才将诗集递过来,并对我说:"能送我一本吗?"我说这是做讲座用的,总共才这两本,给了你我讲座就做不起来了。如果你喜欢,回头我再送你。

前两年,我都会跟着我们的发行同事去仓库清理书目,将已过版权期的图书销毁,再将新书放到显眼的位置,并贴上标签。

理货员师傅一直在喋喋不休地说着他们理货的不易,不停地进货出货退货理货,打包裹,上架子,填单子,他们好多人年纪并不大,但看上去都很憔悴。成天在暗无天日的仓库里劳作,看上去像一个个饱经沧桑的老人。

活做到一半,我发现有个理货员师傅坐在一辆铲车上,正默默地读着一本书,书封正是我编辑的一本书,他认真地读着,旁若无人,在昏暗的灯光下,他犹如一个忘我的思想者,置自己于世界之外。

我有些愤懑地对发行同事说，谁说这书不好卖的，你们看，连一个理货员都在读！

有一阵子，总有陌生的作者到编辑部投稿。投稿的作者里往往年纪大得多，六七十岁的退休老人占多数。他们来的时候，往往随身带着一个背包，背包鼓鼓囊囊的。进了我们办公室，他们会很客气，声音洪亮的会说，这是编辑部吗？请问向你们投稿找谁？这种大概率退休前是一个领导，习惯了大声说话。也有人小心翼翼地，敲了门也不进来，站在门口，嘴唇哆嗦，话语也不清不楚，原来是从外地来的，口音又重，这种可能是在某个小城市谋过职位，现在赋闲在家就重拾写作爱好。

这些老人都有个共同的特征，喜欢写长篇小说，洋洋洒洒几十万字，小说里的故事都是亲身经历的，他们希望通过小说来记录自己的人生。我记得有一个将近八十岁的老人，看上去精气神非常好，他过来的时候，身后跟着个中年人，说是他的女婿。老人的小说记录了他从年轻时当兵，退伍，进入国企，又下海经商，经历商战。可以说故事非常精彩，不仅是一个人的成长史，也反映了一个时代的侧面。女婿说，老丈人退休后就一直在家里写作，已经写了十几年了，他年轻的时候就喜欢写作，因为文化程度不高，加上工作后很快走上了领导岗位，就把写作这事搁置了。退休后，就想好好地写，把自己一生的故事写下来。

也有对爱好至死不渝的，比如有的老人喜欢写对联，创作的对联有几百副，甚至上千副，自己找印刷厂做了假书，递过来的时候已经翻得很不像样。看样子，他对自己的作品很是珍视，爱不释手地翻阅了无数遍。写诗的、作画的，大致也是如此，他们会像集邮的、钓鱼的那些老人一样，对于自己的作品爱护有加，总是要想办法把它们变成出版物。

参加一个学习班，认识了几个年轻的诗人。其中有一个在街道上班，这让我们很讶异。他说自己也是通过艰难的考试才获得这份工作的，为了生存嘛。但他更爱的是写诗，他喜欢在不被人关注的角落写诗。我常常看到他，在闲暇时，独自在一旁，烟一根接着一根地抽，看到我们过来，会说抱歉。他是怎样一个年轻的诗人呢？后来，我看到他的诗，惊为天人。字数不多，行数不多，但就在那仅有的数十个文字里，却有一种力量。大约是他在基层工作，见多了世态炎凉，人情冷暖，尤其懂得人之艰辛，知道生的力量。他曾经跟我说，写诗太苦了，相较于写小说和散文，写诗似乎永无出头之日。但他又说，是真的喜欢，没有诗，大概就找不到任何存在的理由。诗歌和其他文学载体一样，真的会成为一种信仰吧，可以支撑一个年轻人，不舍昼夜，面对长长短短的句子，深耕不辍，不问前程。

这个世界从来都不缺乏喜爱文艺的人，我小时候认识的一个姐姐，她曾经疯狂地迷恋唱歌，写小说，她敢爱敢恨，逃避父母安排的相亲离家出走，与相爱的男友私奔，做尽了一个文艺青年所能做的"离经叛道"的事。后来，她像一条被打捞的鱼终被收入网中，每天带着孩子过起所谓"正常人"的生活。

不知道从何时起，我们忘记了那个爱好文艺的自己，就像我们永远不知道，这个世界的真正走向。但至少，我们懂得读书的意义，还有思考的重量。没有这些，这个社会只会更加糟糕，污浊之气会填满每个角落，暴戾会更加横行，文艺，是我们温柔抵抗世界的一种方式。

一个看门大叔，一个仓库的理货员，一个执迷于文字的退休老人，一个基层的诗人，在工作之外，他们还有自己的一方小天地可以凝神自处。即使现实的枪一直指着自己，依然可以从容不迫。

不用怕,大胆去走自己的路

实习生小吴要走了,临走时她有些怯生生地走到我的办公桌前打招呼,跟她来的时候一模一样。我记得她刚来实习时,也是这样,带着羞怯,用探询的目光向我咨询过入职出版行业后的发展前景。

当时我告诉她,这个行业太清贫了,在还没有完全踏入社会之前,可以把视野放宽一些,不要因为一时的喜好,把大好的前途给毁了。

小吴一脸茫然,一副一知半解的样子,后来她反问我:"那既然这样,你们为什么还要在这个行业呢?"

是啊,我们为什么还这么拼呢?后来,我用一个词来回答她:信念。

信念，多么虚无缥缈的词啊，但支撑着我们活下去往往是一种没有回报的信念。

单位常年都会有实习生来实习，像秋收的麦子一样，一茬又一茬的。曾经也有一个小男孩在我们这里实习。

小张比任何一个实习生都更勤奋，也更大胆地向老同志学习专业知识，甚至早早地就开始打探能否在实习期过了留下来正式工作。

小张家住在郊区，每天都要坐近两个小时的公交和地铁来上班，有时候我会在地铁站碰到他，他会客气地过来寒暄。久而久之，就熟识了。他时常会问我一些业务上的问题，但最后都会转到能否转正上面来。可是因为学历问题，对于他进入这个单位来说还是设置了门槛。我只能暗示他，工作上勤奋一些，或许还有机会。

每个单位都有自己的门槛，我早就明白，像小张的中专生学历，除非有足够的能力支撑，否则永远也不可能在这个单位里由实习生转为正式员工的。

但你能随意抹杀一个孩子的梦想吗？后来，小张实习期过后，去了法警系统下面的一家杂志社工作，看上去一切都那么顺利，也似乎达到了他满意的结果。

有一次，小张顺道过来看我们，坐在我的办公桌前一直絮叨在杂志社的工作境况，时而说工作还不错，时而又说不是自己想要的感觉。我多少听出他是怀念从前实习的日子，也很想告诉他，实习和正式工作的区别，临时对待和长期责任心的差距，但他似乎已经听不进去，执念于想有机会能再回来。

他一直喋喋不休地在旁边重复着自己的工作细节，甚至要求我打开他公司的主页，看看他现在的工作是多么枯燥而乏味。

两个多小时以后，我终于有些不耐烦了，只好以还有事情为由，告诉他可以离开了。

我坚信小张是个有梦想的孩子，并可以为自己的梦想付出一切努力，但很想告诉他，如果你真的对当下的工作有诸多不满，或许可以选择离开。裹足不前的并不是工作的门槛，而是自己给自己设立的门槛。

不禁想起在北京工作时的事情，当时单位里招聘了几个刚刚从学校毕业没多久工作资历尚浅的同事。

这几个年轻同事很重视这份工作，无论是业务上还是人际关系上，他们都付出了超乎寻常的努力。特别是在人际关系上，他们积极地和身边的人打成一团，并逐渐向外扩展，很快，他们便建立了自己的人脉圈。

后来，他们开始筹措着买房、恋爱，这一路上，自然少不了大家的帮助和苦口婆心，比如会告诫他们不要找太漂亮的，尽量找门当户对的，可以一起打拼的，不要找太娇气的。买房子要买到可以升值的区域，如果是为了结婚要买在城区带学区的位置，哪怕是老房子。他们点头应允。

可是，他们真的会遵照这些看上去像一切都安排好了的既定程式去做吗？答案是否定的。

我们的身边充斥着各种以自己生活经验强加于人的人，有些是我们的亲人，有些是同事，他们用自己所谓成熟的金钱观、事业观和恋爱观，以过来人的语调，以同情的理由，试图去改变周围的人，让他们按照自己既定的生活模式去经营自己的未来，但无一例外都失败了。

每个人都有自己的目标、人格和尊严，不要害怕走你自己的路。也许会有人嗤之以鼻，有人隔岸观火，有人加以猜测。时移世易，与走出来的路相比，那些背后的指点批评都已不再重要。

当你走得越来越远，甚至超过你的想象时，所有的看好和不看好，都会变得毫无意义。他人的经验只是你的一个参考，放心大胆去建立自己的新生活吧！

美好不在于富足，而是心境

若不是一场车祸，聪仍然会过着从前那种忙碌的日子，出入高档写字楼，满世界飞来飞去，边喝着咖啡，边谈着客户。

当初聪从一家985名校毕业，回到家乡进了一家全国知名的律师事务所，因为专业性强，口才又好，很快便成了当地排名靠前的金牌律师，经常要往返全世界几十个国家。在二十九岁的时候，他遇见了自己的爱人琼，琼也是一名律师，因为一场官司，他们分别为原、被告的辩护人，法庭上二人争得不可开交，案子结束后，他们却互相欣赏，走到了一起。很快，便结婚生子，过起了人人艳羡的小日子。

做律师虽然辛苦，但收入不菲，在他们所处的那个不算大的城市，早早便步入了中产阶级家庭。聪的业务越来越忙，就建议琼放弃律师的工作，全职在家带孩子。琼显然不太情愿，毕竟自己也是首屈一指的金牌律师，哪里都不比聪差。两个倔强的人，在几次交锋后，"庭外和解"了，琼答应他，退出律师界，回家相夫教子，前提是聪每年要空出一段时间来，陪他们外出度假。

琼经常会在朋友圈里发自己的旅行见闻，美国的加州1号公路和马蹄湾，日本的岚山竹林，冰岛的斯科加瀑布和黑沙滩，俄罗斯的贝加尔湖，坦桑尼亚的塞伦盖蒂国家公园。他们的足迹几乎踏遍了全世界。

聪总说，他欠琼的，他要带她去看全世界最好的风景。有一次，琼在朋友圈发自己和狮子的合影，那是在非洲的大草原上，她的皮肤已经晒得黢黑，但她的笑容足以融化整片草原。

显然，他们是幸运的，在合适的时间遇到了合适的人，又过上了相对富足的生活。

但世事就是如此难以预料，三十八岁那年，聪去往巴黎出差。一个夜晚，他和客户喝完酒离开酒吧，刚走上街头，一辆小轿车以狂飙的速度疾驰而来，让他躲闪不及。他能感觉到自己的身体在向空中飘去，那一刻，他的意识是清醒的，清醒到当自己的身体快要降落时，又感受到汽车向自己冲过来，再次将自己抛入空中。

直到他在医院苏醒，得到的答案是：除了几处皮外伤，缝上几针外，竟然可以出院了。

他看着自己完好无损的样子，简直不敢相信，但现实摆在面前，由不得他不相信。他连"赔偿"两个字都没提，便大摇大摆地出了医院大门。

他以为这不过是一场意外，但事实并不是他想象的那么简单。回国后，继续忙碌地工作，继续加班，直到有一天，他感觉到头痛欲裂，大脑仿佛有千万根针在扎在刺，在来回地搅动。

他感觉自己快要崩溃了，一直以来，他以精力旺盛而著称，凡是大的官司，事务所都会考虑到他，他甚至还在业余时间编写着多本法律教材，以对更多的热爱法律专业的学生可以有所助益。

聪知道一定是那场该死的车祸带来的后遗症。自此以后，聪接二连三地头痛，在吃饭的时候，在上厕所的时候，在过马路的时候，在开车的时候。

琼说，或许是太累了，年岁不饶人啊，要不休个假歇一歇吧。只有聪自己明白，自己到底发生了什么。

聪趁出差美国的机会，去看了心理医生和精神科的专家，医生告诉他，他的大脑并没有损失，但却因那场车祸而患上了一种奇怪的病症，在医学上叫创伤后应激障碍，俗称PTSD。

也就是说，在他经历、目睹或遭遇到一个或多个涉及自身或他人的实际死亡，或受到死亡的威胁，或严重的受伤，或躯体完整性受到某种威胁后，所导致的个体延迟出现和持续存在的精神障碍。虽然世界上所统计的发病率屈指可数，但偏偏让聪遇上了。

他想起以前看过的战争电影，《第一滴血》《美国狙击手》，还有李安导演的《比利·林恩的中场战事》，那些经历过生死关头重大创伤的士兵，看到空中的礼花绽放时，不是欢呼，而是放低姿态抱头寻找掩体。在美剧《杀戮一代》中，美国海军陆战队军官布拉德·科尔伯特说自己从伊拉克战争回国后无法再正常开车，连续被吊销25次驾照后，他仍然不能从低落的情绪中走出来。而另一部名叫《出租车司机》的电影中，越战老兵特拉维斯·比科尔从战场回国后，却因为患上失眠而成了一名夜班出租车司机，他常常因为控制不了自己的奇怪言行而烦恼不已。这些都是"闯入性记忆"导致的侵略性思维，患上PTSD的人常常会自责，但又无能为力。

聪一下子意识到自己已经不再是一个完全健康的人了，以前那个为了一个案子可以三天三夜不睡觉的大律师已经消失了。现在他时常头痛，并伴以不思饮食的怪癖，整个人颓废了下来，身形日渐消瘦。

他一次次去看心理医生，去康复研究中心寻求解决方案，也吃过多种治疗焦虑症的药，但都无济于事。对药物的依赖甚至令他的身体出现了副作用，失眠、厌食、喜怒无常，让他更加焦虑和不安。最终，他不得不去寻求更深层次的心理治疗方法，也就是认知行为疗法。

心理医生详细地问他受伤的经过，帮他克服长久以来的恐惧感，并带他去认识了几个同样出过车祸的患者，他们的心理修复过程同样漫长和煎熬，但希望还是有的。心理医生告诉他，恰恰因为他之前的工作，需要事无巨细，以及强大内心的支撑，当他出现PTSD症状时，会比常人更为严重，会更容易获得反复记忆，属于高易感人群。

在心理医生的建议下，他学会让自己慢下来，不去想工作、家庭上面的琐事，彻底放空自己，听听音乐，并让自己在封闭的房间里，用耳机听大自然的声音，听鸟鸣的声音，听海啸的声音。但效果仍不是很理想。

聪知道一切的治疗都不如自我疗愈来得更好。有一次，聪无意中读到一篇文章，那是汪曾祺在西南联大读书时期写的，说是日本人三天两头派飞机来轰炸昆明，空袭警报时时响起。西南联大的师生们除了日常搞学术外，还要进行"跑警报"的运动。一有警报响起，大家就撒丫子往郊外跑。那段十分恐怖、充满生命危险的日子，在汪曾祺的笔下，成了一件有趣的事情。他写到"跑警报"的途中遇见赶货的马帮，他们竟然可以吹着口哨唱着调子，做小买卖的也瞅准了商机，挑着麦芽糖到郊外来卖。而学生们则是躺在"防空洞"里谈起了恋爱。

这显然是一种苦中作乐的行为，是一种生于忧患，不畏恐吓的"儒道互补"精神。人的心理弹性远比我们想象的更加宽广，聪似乎从中觅得了良药。

聪开始将满满的工作安排尽量缩减，而把足够的时间留给了自己，读书和跑步，他沿着海边跑步，耳机里回响着森林在风中摇摆的声音，他陶醉于这种简单而又充实的生活，仿佛一切都放空，灵魂归位。

这两年，聪的身体慢慢好转。他说，以前觉得忙碌才能给自己带来更好的生活，看着那些在海边闲逛林边遛鸟的人，我都替他们着急。现在想想，好生活来自于心境，而不是你拥有多少。

现在的聪精力充沛，除了做好律师的本职以外，还做一些文艺演出的策划活动，这让他从一个工作狂，变成了一个有文艺气息的大叔。这种改变，令他感觉重新找回了自己。

我们的一生会遭遇各种各样的意外，意外，会让我们变得颓废，一蹶不振；意外也有可能会让我们找到另一个自己，重获新生。也许，明天和意外只是为了提醒我们，生活的标准不在于富足，而在于心境。

心明则眼亮

据说人的七窍是相通的,当你悲伤的时候,你能感觉到眼睛、鼻子和口腔的共振,它们平时互不妨碍,互不打扰,哭起来的时候却又紧密联合在一起,涕泗横流大概就是这个意思。

也有种说法,视力好的人,听力可能要稍差一些;相反,听力好的人,可能视力就稍逊一些。这个说法虽然没有科学依据,但引申到人的五官、身形、气质、性情等等,你会不得不感叹人无完人,每个人的优劣各不相同,如同悲喜无法共情。

世间万物,无不如此。

城市的基建工程里,每一条路上都有盲道,地下通道里也有，盲道往往比寻常的路用料更好更结实。但我们也会发现，很少会有盲人在上面行走。一是盲人很少出门，特别是年纪大的盲人都会在固定的场所里待着，不到迫不得已是不会出门的；二是也有年轻的盲人，很大一部分是从盲人学校毕业的，他们出门都会三五成群，像一个群体组织，所以，使用盲道的机会也就不多。

渐渐地，也就无人关心这盲道原本存在的意义和价值，倒是有些小顽童当这是一条特别的道路在上面玩耍。

香港街头过红绿灯时，会有叮叮叮的声音，非常急促，听起来比闹钟还要惊扰，初听时好奇，再听时有些烦躁，仔细听却又觉得其中必有玄机。

曾经有过一个猜测，这个叮叮叮的声音如此紧凑刺耳，一定是催促人们快步经过红绿灯。香港是一个快节奏的城市，这种声音倒是一种恰如其分的存在。直到有一天，一位香港本地的朋友告诉我，香港街道狭窄，快走几步就能横跨过去，并不需要大动干戈如此催促，这叮叮声是为残疾人，主要是为盲人准备的，因为盲人看不到红绿灯的指示，也不确定每条路红绿灯的时长，有了这声音的提醒，盲人就有足够的准备过马路。这么人性化的提示音，恰恰体现了一种细节，对于少数人的关怀。

　　作家毕飞宇在写《推拿》前原本在构思另一部长篇小说，因遇到瓶颈而闷闷不乐，那段时间他度日如年，便到家附近的推拿店做按摩。在那里他结识了很多推拿师傅，和他们相谈甚欢，也从他们身上看到了常人不曾关注的一些细节。触动他写下这部小说的原因，是有一天他做完推拿，最后一个离开。和师傅一起下楼的时候，突然停电了。原本毕飞宇是搀扶着师傅下楼的，一时停电，毕飞宇倒是看不见路了，有种突然失明的恍惚感。这时候，师傅说我带着你走吧。就这样，他们一起下了楼。师傅说，这会儿我比你厉害吧？毕飞宇觉得这很有意思，盲人眼中也是有光的，只是常人的光是亮的，而盲人的光是黑的。

　　我也有过多次去做推拿的经验。有一阵子，职业病发，腰椎疼得厉害，去中医院看过，老医生一脸不耐烦，针对我的询问没好气地说这病治不好，只要不疼就算好，但还会复发。就这样草草打发了我。实在忍受不了长期的疼痛，听从朋友的建议去推拿店做推拿。

接待我的师傅是个半盲人，戴了个茶色的眼镜，他说自己小时候也是能看见的，后来不知道为什么就渐渐失明了，但现在隐隐约约还能看见一些，但因为视力障碍，找工作并没那么容易，所以入了按摩这个行业。

没好意思问他曾经看见过世界五彩斑斓的样子，后来看不见了会不会很失落。他一脸平静，推拿的时候，他十分温和，不时问轻了重了，我疼得龇牙咧嘴，告诉他这样下去不是办法。师傅说，我给你试试一种油吧。师傅有口音，我听着像是说老虎油，后来知道确实是有这样一种油。他抹在掌心里给我按摩，腰际顿时火辣辣的，那油似是沁入了肌肤，深入到骨头里面，疼痛也消了许多。他说，你要是怕疼，自己去药店买一瓶，疼了就自己抹上一点，不用专门来做推拿。接着他又说，腰椎这种病怕寒，注意保暖就好了。

还有一次，我去做颈椎的推拿治疗，那是一家藏在美食街角落里的推拿店，虽不算是老字号，也是十几年的老店了。师傅年纪也不大，许是中午休息的时间，店里没有一个客人。他舍了午休过来帮我按摩，边推边说，你这年纪轻轻的，肯定是上班久坐的结果，你不用推拿，多去爬爬山，打打羽毛球就改善了。

　　这两个师傅都与我素昧平生，他们不会炫耀自己的手艺，也没有讨好。他们的那种厚道总能让我们这些眼观六路耳听八方的人感到羞愧。我们在红尘中翻滚，尝尽了甘苦，也历尽了辛酸，虽然眼明，八面玲珑，早已失却了原始的信仰，和童真的眼眸。

你还是从前那个少年

记得刚回南京时的一次聚会,一位年长者对我说:"你把自己拧得太紧了,像发条一样。放松点,打开自己,去经历一些未知的旅途,去认识一些从未想认识的人,或许你会发现一个完全不同的自己。"

当时的我一脸茫然,一直以来,我并没有真正审视过自己,是过于紧张了,还是变得从容了。

但有些事就是当局者迷,在外人眼里的那个自己,或许是最真实的。你的言行,你的举动,你的不经意流露出的眼神,或许都会成为别人判断你此刻心情的证据。

后来想想那句类似告诫的话,虽然是那么像心灵鸡汤,但对当时的我来说却异常受用。

因为我们一直以为只有自己才最懂自己,却不知那些随时击中你的话,是出自那些与你只有一面之缘的人。

曾经认识一个台湾男孩,他叫徐笙竣。徐笙竣经常会在微博上"艾特"一些朋友,其中包括我。随时汇报自己现在到了哪里,见到了什么,他会拍一张自己的照片,背景有时候是西藏,有时候是新疆,有时候是一望无垠的内蒙古大草原。

每一张照片上,他都报以灿烂的笑,让人无法想象他是一个白血病患者。

曾几何时,上天对我们的生命开了个玩笑,在年轻生命奔跑的旅途上给予重重的一击,本来是挥洒青春汗水的年纪,却必须与病魔对抗,在生死一瞬间与死神勇敢说我要活下去。

我还记得他有一次做自己的旅行分享会,我去看望他,他一口一个老师地叫着,十分谦逊。他介绍自己的家乡,那是一个在台湾来说相对偏远、落后的地方,但十分美丽,那个地方叫白河,在台湾的南部。他发现自己患白血病时才十九岁，还是自己拔智齿时才发现的。这犹如晴天霹雳，让他一时难以接受。谁都知道白血病是不治之症，甚至已经有殡葬业者到病床前递名片了。"有种被诅咒的感觉，心情真是糟透了。"他当时这样想。

那一年，他做了七次化疗，十五次骨髓穿刺，六次腰椎穿刺，在注射了大量激素药物后，体重一下子飙升至七十多公斤，变得极为臃肿。

还好，他从小就喜欢运动，他想着或许通过锻炼能让身体有所恢复，哪怕能多活几年也是好的。但身体机能和肌肉的严重衰退，让他连爬个楼都觉得费劲。

也就是从那时候开始，他尝试单车骑行，先是从家乡台南骑到了最南端的垦丁，接着又开始尝试环岛旅行，在首次环岛935.5公里后，他连续三年每年环岛一次。

从二〇一一年起，徐笙竣开始踏足祖国大陆，用十四个月的时间，骑行云贵川北高原、甘肃丝绸之路、巴丹吉林沙漠、川藏、青新公路、塔克拉玛干沙漠、东北三省……几乎走遍了大半个中国。

"当我无法决定生命的长度时，我应当决定生命的宽度。我要用车轮去丈量大地，体会生命意义。"徐笙竣说。

二〇一五年的夏天，他的新书《世界在我脚下》在中国台湾上市，向世人昭示，只要认定自己，给自己足够的信念，就不怕任何艰难坎坷，生命的长度就此被拉长。

多年之后，当我再次见到他时，他仍然活着，并且活得异常精彩，他用实践告诉我们乐观面对生活的勇气是多么重要，只有勇敢、真挚、不放弃，才会将生命从死神手中夺回来。

徐笙竣或许是个特例，不是每个人都可以像他那样，与死神搏斗。但我们起码可以学会相信自己，发现自己，在任何时候，都不要放弃自己。

一年又一年，当想象着自己还有张青春不老的脸时，却发现自己已经好久没有照过镜子。镜子中的自己早已不是以前的少年，而少年时的梦想又有几件已经实现？

走过的路就像丢弃的玉米，你再也捡不回来。在前行的路上，你永远是一个饥饿者，并且要保持饥饿的状态，这样，你才有动力和信心，去寻找食物。

时间像个老者，教会我们太多太多，当你以为自己的情商提高了，却发现智力并未跟上；当你以为自己的努力够了，却发现好多事并不是靠单打独斗就可以解决的。世上有千条路，你选择了，就要义无反顾，但世上也有千种行路的办法，一种不行，还有另一种。

做一个逃避的人比做一个迎难而上的人容易得多，但逃避就注定停滞不前，而路一直在你的面前铺陈，你走不走，都会老的，只是不要老成自己讨厌的样子。

那些不幸也许正是人生的幸运

参加一个会议,席间有人提起江苏作家储福金青年时期的遭遇,大约是在那个特殊的历史时期,上山下乡时遭到的各种非人对待。有人说得义愤填膺,有人劝慰,有人有感而发联想到自己的遭遇。反倒是坐在同桌的储福金却始终笑呵呵的,没有怨怼和伤感的情绪。大约是他经历了更多的世事,早已看得淡了,也可能他觉得如今重新说起已毫无意义。

回程途中,有幸坐在储福金老师旁边,听他乐呵呵地说起最近发生的事,像唠家常。说自己住进了新房子,整个屋子的装修都是自己和老伴完成的,说自己对儿子的培养,说创作过程中有趣的故事,仍缄口不提前尘往事。他说，人生的际遇就是很奇怪的。年轻时候吃过的苦头，如今看来，抛却时代的痼疾给人造成的伤害，其他的只能说是经历。

终于，他还是和我说到了往事，但并非消极的，而是他人生中最幸运的一段。当年插队回来的储福金可以参加高考了，可以读书了，他和赵本夫、叶兆言同时考上了北京大学，住到了未名湖畔。显然，在很多人看来，这是莫大的幸运。一开始他们也是这么想的，觉得自己虽然经历了一些苦难，但好歹熬出头了，可以去读书，做自己想做的事情了。但上了一段时间的大学后，他们觉得北方的气候太糟糕了，实在无法与湿润的江南相提并论。于是，他们一起提出要回到南京上学。他们坚定地向学校提交了申请，也向南京大学提出了申请。当时，他们三人已有作品发表，是文坛升起的新生力量。自然，北京大学非常不舍地答应了他们的请求，南京大学则向他们伸出了橄榄枝。

他对这段往事十分怀念，好似命运得到了垂青，要与人分享这份美好。虽然储福金说他们从北京大学到南京大学，看似是往下走，实则是再一次印证了，他们可以选择自己的命运了。也从一个侧面，反映出当时学校对人才的珍视。

作家格非也在一篇文章中写过自己的少年往事。那是他的高考。格非是一个偏科严重的人，第一次参加高考，因为物理和化学都没超过四十分，母亲决定让他去学木匠。巧的是木匠师傅看不上他，他也并不想当木匠。更巧的是镇上的小学老师得知他高考落榜，不知如何挨家挨户地找到了他，说要将格非引荐到一所中学去补习。

但上补习班也是有条件的，格非的每门成绩都不太理想，当得知要交成绩单时，他谎称成绩单丢了。于是，小学老师让他去县文教局查询并抄一份回来。格非忐忑不安地上了公交车，一路打听找到了文教局。只是，这时候已经到了下班时间，传达室老头给他吃了一个闭门羹。恰好，里头出来一男一女，男的让明天再来，女的看他年纪小有些于心不忍，便把他带回办公室查档案。查了很久没有找到，男的更加不耐烦了，女的则满头大汗。格非只好将自己如何高考失利，如何谎称成绩单丢了，如何找到这里的事说了一遍，并乞求他们可以为他更改一下成绩单，好让他能上补习班。

最终，女的动了恻隐之心，觉得这个孩子是真的喜欢上学，冒着风险给他出了一份新的成绩单，并盖上了章。临走时，送他一句话，"苟富贵，无相忘。"格非通过这份成绩单，去上了补习班，参加了第二次高考，开启了他的大学求学之路。

说起这段经历，他说："生活实在是太奥妙了，它是由无数的偶然构成的。你永远无法想象，会有什么人出现，前来帮助你。""为什么我会那么喜欢博尔赫斯，喜欢休谟，喜欢不可知论，因为我觉得生命如此脆弱，而生活很神秘。"

很多人都知道叶兆言是中国著名教育家叶圣陶的孙子，作家叶至诚的儿子，但很多人并不知道叶兆言曾经是一个弃子，被叶家收养。叶兆言在上世纪九十年代创作过长篇散文《纪念》。这篇文章记录了自己真正的出身，也从子一辈的角度审视和剖析了父一辈的心灵。

叶兆言是在十岁的时候知道了自己的身世，他在一岁的时候被叶家收养，视如己出，祖父和父亲都对他十分疼爱。

但他的童年并不如人们想象中那么一帆风顺。叶兆言十三岁的时候,经历了一场劫难,哪怕当时所有人都没察觉出。在一场与同学的嬉戏中,他的眼睛被同学扔出的石子击中了,当同学们意识到问题严重的时候,只好叫来了老师。老师将他送去了医院,动了手术,但在那个特殊时期,医院管理混乱,并没有得到很好的医治。事情发生之后,在干校的父亲赶回南京,到医院探望,见是被别的孩子打伤,顿时觉得"心里一块石头落地了"。当时,叶兆言并不明白父亲说这句话的意思。直到二十年后,在一次和余华、苏童的聊天中,他才无意中说起这件事情,并对父亲当年的话有了一种全新的认识。"我父亲从内心世界来说,他真是愿意自己孩子受伤也不愿意去伤害别人的那种人,因为伤害别人这件事情对他来说很严重。"无疑,叶兆言的父亲和所有善良的父亲一样,宁愿自己的孩子受伤,因为他认为伤害别人是一件更可怕的事情。

无疑,他是不幸的,因为少年心性,因为父母的"接受和理解",因为所处时代的悲哀。而他又是幸运的,他入了书香之家,继承了父辈的善良,又因为少年时的遭遇,让他更懂得去理解他人,去相信文学能成为一种工具,可以抚慰心灵上受过的苦痛。

他不抱怨命运,总觉得已经十分幸运:想考大学,最终考上了;喜欢写作,最终成了作家,还恰好能靠写作养活自己。"人生中有许多你不想做却不得不做的事情。我喜欢的这两件大事都实现了,很感激。"

我们每个人的命运,都在某种程度上受制于家庭出身、学校教育,甚至在某个人生阶段的一个选择,一个被动的默认,你的人生航向因此被改变。福兮祸兮,我们无从辨别,也无从知晓,只有向前走着,蹚过一条河,越过一座山,终究可以看到夕阳,一样的红彤彤。

在灾难和意外面前，且行且珍惜

有那么几年，每逢暑假，远在安徽的姑父都会过来接我。

我一直不明白他为什么要这样风雨无阻，我在年幼的时候甚至嫌弃他的到来。他身上破旧的衣服，黏糊糊湿答答的汗味，还有他头上那顶漏风的草帽，都让我觉得无法靠近。

每次他都是兴冲冲地来把我接走去他家玩。而我执拗着不肯跟着去，无理取闹，姑父仍然乐此不疲，一脸的虔诚，好像不把我求回家就会有灾难降临似的。

直到有一天，母亲跟我提起一件事，是关于姑父的。

她说:"你还记得姑父家有个小伙伴吗? 跟你差不多大。"

我摇摇头,母亲继续说:"你大概忘了,你姑父以前有个儿子,跟你一样大,你们一直在一起玩的。"

听到这话,我差点跌坐在地上。就好像之前的日子都白活了,好像人生就这样被轻易改写了。因为在我的记忆中并没有这样一个男孩,与我一般大,还和我有过一段童真无邪的友情。

母亲说:"你仔细想想,是不是你们经常去江边玩?他就是后来在江边玩耍掉到了江里,淹死了。"

我突然明白,姑父为什么一直对我视如己出,一直希望我能在他家多待一段日子,哪怕一天一个小时一秒钟,哪怕我总是满口抱怨和不情愿,他仍然没有一丝一毫的不耐烦。在他的心里,一定是因为我的到来,能让他空缺的心底有所慰藉。如果那个男孩还活着,也如此任性,他也会这样温柔相待吧。

这是我人生中听到的第一个关于意外死亡的故事,且与我息息相关,又好像无关。就算我漠然漠视漠不关心,但每当夏天来临,我都会成为一个替代品,我会想到姑父行色匆匆，好像要完成一件使命一样，把我从家里接走，接到那个离江不过几百米的地方，一间黑咕隆咚的屋里。不远处的江边是他儿子经常去玩的地方，也是消失的地方，也许一直就在那里，从未长大。

我曾经有一段在工厂打工的时光，因为经常加班要很晚才能回住处。回去的路上已经很累了，踩着脚踏车的双脚已经轻飘飘的，终于有一天，在经过一段黑路时，车子磕到了一块石头，我整个人飞了出去。当时，我只感觉眼冒金星，瞬间便毫无知觉了。

等我醒来的时候，我已经被扶到了床上，弟弟在旁边照看着我。我以为自己已经死了，没想到还活着。那一次，我伤得很厉害，整个半身都血肉模糊，半边脸也破了皮，下巴更是伤到了骨头，流了很多血。

即便如此，我已经无力去医院，因为在离家较远的一个城市，不能告诉父母，我只能躺在床上等伤口自己愈合。第三天，我终于可以下床，才在弟弟的搀扶下去医院涂了点红药水。

医生很惊叹，说："你们也太马虎了，就算不怕流血过多，也不怕得破伤风什么的吗？"

那是我第一次感受生与死的瞬间，有那么一刻，或者更长的时间，我已经毫无意识。那是一种与睡眠不一样的感受，我能感觉到自己的灵魂在飘浮，在上升，好像要离地而去，永远地飞离地面。

参军入伍后，经常要参与一些国防建设的劳动。记得有一次我们一行人去挖坑道，那种坑道有点像防空洞，但施工的人说这是电缆沟。要是不用抡起镐啊锹啊挥舞的话我还是乐意在那些洞里穿梭来去的。

这种罗曼蒂克的想法在午饭后便被我付诸行动，我和另一个战友躲到坑道里一个拐弯的地方躺下休息，那里有风吹进来，凉凉的很舒服，很快，我们便睡着了。

不知道过了多久，我们才醒过来，坑道还是那个坑道，仍然有凉风吹进来，但战友们呢？我们撒开腿就往外面跑，所幸，他们就在外面的工地上干活。队长过来只是用一种很怪异的眼神看着我们，那种眼神至今我都记得，充满了恼怒愤恨埋怨担心的复杂情绪，但当时他什么都没说。

后来我们再也没有无知地做这样一件事，因为据说刚挖的坑道随时都可能塌陷，想想都心底发凉。

上学的时候听过一个故事，是讲蜉蝣的。

有一天黄昏，一个走在森林里的人，遇见一只蜉蝣正在哀伤地痛哭，那人问蜉蝣："你为什么在这里哭泣呢？"

蜉蝣说："我的太太在今天中午死了，所以我才在这里痛哭呀！"那人说："现在已经黄昏，你也很快就会死，何必哭泣呢？"蜉蝣听了，哭得更伤心。

那人不禁莞尔，蜉蝣朝生而暮死，中午死和黄昏死有什么不同，何必哭泣呢？于是他就离开了。

等走远了，他才想到，从人的眼光看来，蜉蝣的一生是如此短促，中午死和黄昏死差别不大；可是从蜉蝣的眼睛看来，中午到黄昏就是它的下半生，那下半生也是和人的下半生一样地漫长呀！

作为铁道老兵的姨父,曾经随部队驻扎在北京的东大门唐山。似乎所有人想到唐山,都会联想到那场旷世难平的地震灾难上。

但我从未听姨父提起过,姨妈说,你姨父当年也是参加救灾的官兵之一,没有人比他更接近死亡,也没有人比他更清楚死亡的可怕。

也正是因此,后来姨父得了癌症,硬是在他强烈的信念下,病愈出院了,至今健康地活着。

在灾难和意外面前,我们唯一能做的,或许就是且行且珍惜。

星光里的赶路人

那时候我还在上海工作,经常要往返南京、上海两地。

我是在南京火车站的人潮里发现韩的,他在排队买票的人堆里被挤得东倒西歪,焦头烂额。虽然过去那么多年,我还是能一眼认出他。当年,我们是连队里最耀眼的新兵,一起训练,一起排练文艺作品,一起主持,一起领唱,一起在下着大雪的时候抬着一个大铝盆去营区外面的井里打水。

我们经常会仰面滑倒,然后哈哈大笑,好像青春就应该这样,不停地摔倒,就变得坚强了。

我穿过人群拍了一下他的肩。他回头看见我,满脸的欣喜。原来他是要去杭州开会，那时候宁杭高铁还没开通，只能借道上海。他说时间已经来不及了，前面还有那么多人，很可能买不到票了。我告诉他其实可以先上车后补票，这样就不用担心时间了。

经过一番折腾，他跟着我一起上了车，说起以前一起当兵的细节，都觉得恍若隔世，又仿佛还在眼前。当年的韩被战友们戏谑为"孩儿面"，因为他长得眉清目秀，皮肤又吹弹可破，活像个瓷娃娃。于是，经常有人边捏着他的脸边跟他开玩笑说是不是抹了孩儿面。现在的他已人近中年，脸上布满了雀斑，左侧脸上更是有了一块很大的伤疤。

他说退伍前和一位长春的姑娘结了婚，因为不适应东北的生活，还是回到了南方，在家乡的一个工厂里当上了技术人员，有了一个可爱的孩子，家里也在翻新房子。

他家我是去过的，那是很多年前，我刚刚从原来的部队被调往别的部队，韩通过休假的机会打听到我也正在休假，便打电话约我去玩。他家在一个古镇上，古镇完整保留了明清时期的建筑，白墙黛瓦，家家都有栽满绿植的院落，连排水系统都缜密有序。每家每户的房屋周围都有一个水渠，水渠里流着清冽的泉水，据说是从不远处的山上流下来的。

那时候韩的父亲已经因病去世，母亲也身患顽疾，经常坐在门前的长椅上不停地大喘气。他家的房子可能是镇上最差的，四处黑乎乎的，只有很小的窗户里投射进来的一点阳光，才能看清家中简陋的摆设。韩告诉我，因为父母的病，家里已经入不敷出，唯一的家庭支柱是在上海远洋海轮上打工的哥哥。

前几年母亲病重，本来为了妻子留在长春工作的他，不得不回家。后来，干脆就没再回长春，就在家门口找了份工作，糊口养家。

一晃火车就到了上海，我们在车站的月台分别。他笑着说，时间过得太快了，我们还没聊够呢，火车就到了终点。下次还不知道什么时候才能再见。

事实如他所说，我们再没有见面。

如同他在路上提到的那些战友，我们都在记忆里为对方保留了一个角落，但却早已不知对方的下落。

比如老金，那个曾经班里最优秀的家伙，他总是出口成章，表达一件事情时总是用成语来诠释，大家一度非常讨厌他，觉得他过于炫弄文采，其实是年轻气盛心生嫉妒。最要命的是他还是我们班里经常被表扬的人物，特别是站队列时，队长经常会夸他是班里唯一站得挺直的，像个军人的样子，将来一定是个当将军的料。

那时候，大家都是薄衣少年，吃再多也经不起超强度的训练，一个个都清汤挂面似的，哪有什么胸肌可挺。后来，老金转业回到呼和浩特，在银行工作。偶尔有次联系上了，他早已没有去时的意气风发，也不再妙语连珠，而是有一搭没一搭地说着工作和孩子，并且学会了攀比和炫耀，一度让我对照起他当年的样子。

再比如浩子，那个东北的质朴男孩，因为功课底子薄，军事素质一般，常常被大家忽视。直到离别的时候，我们坐上了同一趟军列。车上，我们都没有说话，只是像两个太过于熟稔的人，不需要说太多，便知道对方在想什么。

转眼各自到了目的地,却发现有太多的话没有说。

虽然后来我们经常通电话,他告诉我自己还在做老本行:坦克、装甲车的修理和维护。

也是通过他,我知道了其他一些战友的下落。有一年,他去北京进修,给我寄了厚厚的一摞相片,那是他在天安门、故宫等地的留影。他说,在班里的时候,我是最照顾他的,那时候他很自卑,若不是我鼓励他,他不会有今天。他是在东北一个小城里长大的孩子,属于天资不算聪颖的人,甚至一辈子都没想过会入关去祖国的心脏看一看。如今,这些愿望都实现了。

照片上,他笑得很爽朗很自信,一点没有当初少年惨白的颜色。再后来,我回了南方,便与他失去了联系。

还有,来自苏北的两位老乡,他们是在我到机关工作后认识的。

那时他们在车队开车,因为经常出车的便利,其中的小管便在外面认识了一个女孩子,那个女孩家境优越,因为是单亲家庭,从小由在一家著名医院做主任医师的母亲抚养长大，备受宠爱。他们很相爱，这从小管每次回来时的表情可以看出来。但好景不长，在女孩将小管带回家的那天，小管遭遇到了尝到爱情甜蜜以来最大的挫败，女孩的母亲将他推出门外，说如果女孩再和小管在一起，就断绝母女关系。

这种只有在电视剧里才能看到的情节，突然发生在自己身上，小管一下子无法接受，男人的自尊心迫使他摔门而去，无论女孩如何劝解，都不想再回头。后来小管和另外一个女孩结了婚，但始终忘不了曾经喜欢的那个女孩。

另外一位老乡叫大龙。他是那种少有的厚道人，喜欢像个大哥一样照拂身边的人。很多的老乡聚会都是他一手安排促成，并在众多老乡间建立起桥梁。隔三岔五他会来机关找我，聊的多是家乡的话题，还有小管们的恋爱故事。那时候，有太多的时间可以浪费，胡吹海侃成了家常便饭。

大龙也认识了当地的一位姑娘，那位姑娘是个孤儿，但很积极向上，在上班的同时，备考着高级会计师职称。大龙后来一直跟我保持着联系，会盯着问我和哪个女孩恋爱了，有没有结婚，要孩子了没有。

而他自己，却一直生活在遥远寒冷的北方，只有在给我打电话时，才会想起我们有次在营区外面的烧烤店里，喝得酩酊大醉，说将来一定要回到南方，回到那个四季分明，可以看见满山遍野油菜花的地方。

有时候做梦，会梦见一些从未去过的地方，但梦境里的人大抵是似曾相识的。

或许，正是这些曾经在生活里经过的人，带你去了他的家乡，或者他现在生活的地方。所以，梦里的事物才那么陌生，而话语又那么熟悉。

如今，我们或许都天各一方，生活得和周围的人没什么两样。可当初的豪言壮语犹在耳边，青春的梦想还未走远。而我们已人到中年，有太多无法改变的现实，最终湮没了我们荒诞而又亮丽的初衷。

少年飞走了

要不是我那次回家探亲时的骑行,或许我永远也不会再见到青了。青是我初中的同学,我们相处的时间不过半年他就退学了,后来便音信全无。

那年夏天,我骑着单车沿着郊区一条林荫大道行进的时候,青突然从路边出现了,他告诉我他家就在这里,他带我参观房前屋后种的那些绿色的植物,还有叫不出名的花,他还是那么喜欢花鸟虫鱼,像上学的时候一样。他告诉我,要不是在城里上班,家里也会养一些小动物的,实在无暇照顾,便只好作罢。

我们开始聊上学时候的趣事,就像发生在昨天一样。但显然,青的额头已经没有那时候的光洁,笑容也不再阳光，多了些生活强行赋予的艰涩。是啊，谁敢与岁月为敌呢？在时间面前，我们都是失败者。

那年暑假过后，青因为上学期生了一场奇怪的病，不得不休学，然后转学插班到了这个学校。

我清晰地记得学校的围墙很高，高到像深宫大院，高到连夏天的风都难以吹进来。好歹学校的院子里有密密匝匝两个人也围抱不过来的梧桐树，宽大的叶子可以给予我们一丝阴凉。

刚入学的时候，我极不适应，经常自觉不自觉地盯着窗外的树叶发呆，仿佛那里装着另一个世界，神秘而又空洞。即将进入青春期的人是多思多虑的，但没有人会理会你。

青就是在这个时候出现在我的面前的，他面庞清俊，明眸皓齿，干净得就像佳洁士广告里的小男生。

午休的时候，他笑着说我带你去一个地方吧，你一定喜欢。我跟着他跑了出去，穿过学校硕大的铁门，朝远处跑去。很快，我们到了一片杉树林，杉树林异常整齐，像整过队的士兵。里面也夹杂着一些其他的树种，比如松树、柏树，还有一些白杨和泡桐。走得深了，阳光似乎也不见了，里面黑压压的。青一直往里面跑，直到我们都气喘吁吁，他才停了下来，然后指着地上的一个草窝说：你看。

我下意识低下头，发现草丛里是一窝红彤彤的东西，那是一群初生的鲜活肉体，准确地说是一窝小老鼠，那些还透着红润光泽的小生命在草窝里耸动着。我胃中一阵翻涌，本能地后退了几步，直到撞到一棵树上。我双手扶到树上，感觉手中有些黏黏的。我一下子觉得糟透了，感觉受到了羞辱。但青却半蹲在地上笑了起来，他笑得上气不接下气，露出他洁白的牙齿。

我有些生气地说："你够了，我不想再看到这种恶心的东西。"

青意识到我是真的生气了，便停止了狂笑，说："你手里是不是摸到了什么？"

我点点头。

他说："这是松香，这种东西还可以当蜡烛用呢，既能照明又能取暖，到了冬天你就知道这东西的好处了。"

我从树上将那团黏黏的白色结晶状物剥了下来，放到鼻尖闻了闻，果然有一些淡淡的清香。

青说："你可以多剥一些下来，冬天的时候点燃它们，一定会又漂亮又暖和。"他边说着边在树上剥起了松香。

就是从那天开始，我们成了朋友，也是从那天开始，我才知道，一直以来那些小老鼠才是他真正的朋友，他并没有觉得那些小生命是人类的敌人，而是隔三岔五地去看它们，甚至他也会带一些食物过去给它们吃。在我看来这种事简直太不可思议了，但他却一直这样坚持着。

慢慢地，我适应了学校的生活，成绩也开始好了起来，老师也开始对我刮目相看，经常让我代表班级参加学校的一些知识竞赛、作文比赛、书画比赛等等。青似乎对这些并不感兴趣，他仍然每天往杉树林跑，他像活在自己的世界里，学习已然不那么重要。

青是那么喜欢大自然，他不但会带我去杉树林剥松香，还会带我去河边的一片银杏林，入秋后的银杏林一片金黄，青摘下一片放到我的手中说，你喜欢看书，可以拿回去当书签。然后他又奔跑了出去，回头大喊："你快来看，猫头鹰，这里有猫头鹰。"

我顺着他的方向望去，一棵银杏的枝头真的栖着一只猫头鹰，那只猫头鹰个头不大，似乎并没有受到惊吓，正呆呆地望着我们。

青说："猫头鹰是有灵性的，一般只有夜里才会出现，我们不要惊动它，不然它会去杉树林吃了那些小家伙。"青说这话的时候，神神秘秘的，好像有某种预兆似的。

相处久了，我才发现青其实并没有什么朋友，他的朋友是那些树、那些叶子、那些鸟类和小动物。他经常奔跑在大地上、树林里，还有秋天的风中。他把松香、银杏都给了我，好像这些与他无关，又好像他自己就是它们的一部分。

青的成绩一直不好，但植物学和动物学的课程却听得非常认真。也许，他就是为大自然而生的。

冬天到了，同学们都相约着上街买帽子手套，青有些迟疑，说："我们可以用松香取暖啊。"我拉了他就走："教室里可不能点燃松香的，老师发现了可怎么办？"

街上人并不多，我们穿过一条条巷子，像穿过一条条阴暗荒凉的河流。直到在一个商场的拐角处，青突然停止了脚步，他的眼神停留在前面一个摆地摊的人身上，那是个个头很矮小的中年人，穿着一身破旧的蓝色卡其布衣服，衣服很旧了，甚至有些地方有了破洞。他佝偻着腰蹲在地上，面前是一个同样破旧的编织袋，上面放着一些类似方便面调料包的小物件。青眼睛直直地看着那个人，然后忽然掉转身，朝后跑去。我大声想喊住他，但他一眨眼工夫就不见了。

前面的同学回头看着青远去的身影，有的沉默不语，有的嘴角发出轻蔑的笑。但最终还是有同学说出了真相，那个中年人是他的父亲，摊位上摆放的其实是老鼠药，而他的母亲因为精神失常早早失去了劳动能力，全家就靠他父亲卖老鼠药为生。

我突然明白为什么青是那样地不合群，那么爱那些不具攻击性的植物，那么想要去保护那些落荒的小老鼠。他从不回答老师提出的问题,也不和同学有任何学习上的交流,他总是像我当初那样,望着窗外的树叶发呆,偶尔一只鸟儿飞过,也能让他半响回不过神来。或许就是因为我也有过这样的目光,才让他觉得我可以成为他的朋友。

那年的冬天非常寒冷,还未到放寒假的日子,河面上已经结了厚厚的冰,这在江南是十分罕见的。青经常在课间休息时跑到河边敲一些冰块回来,放在路边,再点上松香,看着冰块一点点在松香的暖意里融化,然后笑得前仰后合。

他说:"你看,你快看,冰融化了,松香是不是可以取暖?"

临近期末考试,班主任开始找同学们轮流谈话。我们看着同学们一个个从教室离开,每个人回来时的表情都不一样,仿佛刚刚经历过一场拷问,有的释然,有的困惑,有的振奋,有的颓唐。但我们还那么年轻啊,又有多少人会懂得少年的愁从何而来,恰恰可能就是因为不经意的一次谈话,一个眼神,我们便茶饭不思,夜不能寐。

自从那次谈话后，青便消失了，第二天他的座位便空空如也。他像冬天的候鸟一样飞走了。

青边给花草浇水边招待我坐下，说要留我吃饭，我执意要离开，骑行刚刚开始，路还很遥远，我不能就此停下来。临上路的时候，我一只脚踩着脚踏板，发出哗啦啦的声响，像停不下来的光阴。

我问他："青，你当时为什么要退学？"

青先是摇了摇头，说："你也知道我家的情况，而且班主任找我谈过话，让我不要和你在一起玩，怕影响到你学习。我觉得这样上下去也没什么意思了。"

我感到震惊又生气，因为班主任的一段话，我就失去了青这个好朋友。

我不知道是怎样离开青的家的，逝去的友情却再也找不回来。

给所有的
故事，

一个温暖
　的结局。

Chapter 2

当我们
谈论爱情时

"爱是怦然心动,是心意相通,是包容尊重,是各自成全的自由。心里有了爱,犹如身上有了盔甲,所有内心的防备便也轻易放下。"

爱是承诺，是一场勇敢者的游戏

　　雨茉永远也忘不了第一次见到子敬时候的样子，当时子敬在体育馆旁边的酒吧和一帮朋友喝酒，许是喝得多了，就溜出来到树下抽烟。

　　雨茉当时看到子敬抽烟的样子，在昏黄的灯光下，像极了《花样年华》中的梁朝伟，有些忧郁，有些沉默，面庞棱角分明，眼神深邃，雨茉就喜欢这种像谜一样的男人。

　　在雨茉靠近子敬的时候，子敬弹了下烟灰，一阵夜风吹来，烟灰吹到了雨茉的眼睛里。雨茉尖叫一声，双手捂住了眼睛。她本能地以为子敬会走过来，向她道歉并轻轻拭去她眼中的烟灰。但子敬并没有，相反，他嘴角上扬，哈哈哈地笑了起来。

雨茉有些恼怒，正想斥问，子敬却递过来一张纸巾，在雨茉眼前晃了晃，雨茉竟然感觉好多了。雨茉怔怔地看着眼前的子敬，他们离得很近，她能嗅到子敬身上丝丝的汗味，还有淡淡的烟草味。当然，还有子敬坏笑时扬起的嘴角。这一切已经深深地吸引住了雨茉。

子敬说："为了刚才的失礼，就请你喝杯酒吧。"子敬帮雨茉要了一杯蓝色马提尼，不知道还添加了什么，雨茉感觉酒很辣，但又有些微甜。就和今晚遇到子敬的感觉一模一样。

夜色渐浓，雨茉想回家了，子敬提出送她。雨茉没有拒绝，这不是正好给他，也给自己一个机会吗？自己也到了该谈婚论嫁的年龄，父母已经不知道催促了多少遍，身边的同事大姐也帮她张罗了多次相亲，但雨茉总是以没有感觉为由脱身。但她今晚认定遇到了自己的白马王子，那个人就是子敬。

子敬出了门，点上一根烟，走到花坛边，便解开裤子小便。雨茉很尴尬地别过脸去，心却怦怦乱跳。

子敬说："有什么关系，过来。"他竟然将烟头掐灭扔在地上，一只手将雨茉揽了过去。

雨茉看着他另一只手提着裤子，眼神迷离地看着她。她有些困惑，子敬到底是个什么样的男人，自己能够驾驭他吗？那天晚上，雨茉不知道是怎么到家的，一路上，她都心思恍惚，头脑里不停地闪回遇到子敬的每一幕，直到子敬向她递过来一张名片，她才确定自己真的可以开始一段感情了。

雨茉并没有很快联系子敬，她不是一个主动的人。但过了一周，雨茉终于按捺不住了，她双手颤抖着给子敬发了一个短信，像普通朋友问好一样。发完就有些后悔，觉得自己太傻了。可是，又有什么更好的方式呢？

子敬竟然没有回复雨茉，整整又过了一周，雨茉觉得像子敬这样的男人，一定有很多爱慕者，就算没有，应该也早就有了女朋友。在自己内心纠缠不休的时刻，或许他正温存在另一个女人的身边，全然忘了那晚的邂逅。

就在雨茉觉得绝望的时候，子敬竟然来了电话，约她去那家酒吧喝酒。雨茉有些慌乱，一下班就匆匆忙忙赶回家，梳洗打扮一番，心中却早已预设了无数种可能。

当雨茉赶到酒吧的时候，子敬并没有出现。就在她在门口张望的时候，身边一辆车按起了喇叭，吓了雨茉一大跳。车窗摇了下来，是子敬歪着嘴朝她笑，并示意她上车。雨茉上了车，才想起他们原本是约好来喝酒的，但子敬并没有停车，而是将车开向了郊外。

自此，隔三岔五，子敬都会约雨茉出来。他们已经出双入对得像一对正式的情侣了，但雨茉一直没有感觉到归宿感。女人的归宿感来自男人的承诺，但子敬并没有给予雨茉任何的承诺。

寒来暑往，三年过去了，五年过去了。雨茉感觉自己的青春已经被消耗殆尽，却仍然没有等到那句求婚的誓言。子敬因为工作的原因，联系也少了。渐渐地，越来越少，甚至有时候一个月两个月，子敬就像从来都没认识过雨茉一样，连个短信也懒得回了。

雨茉感觉自己要失去子敬了，她不敢想是不是子敬有了别的女人，还是只是厌倦了自己。她只是静静地等待，希望有一天，子敬会捧着鲜花，向她下跪，向她递上戒指，哪怕只是一枚草戒指，她也会说：我愿意。

但子敬没有，雨茉实在忍不住了。她不明白，子敬也是快四十岁的人了，竟然就没想过要结婚吗？自己也年近三十，没有光阴可以蹉跎了。她决定向子敬发出最后的暗示。她将子敬约到了那家他们当初认识的酒吧。

子敬如约而至，酒过三巡，雨茉说出了几年来内心的愤懑。她以为子敬会因为自己的困惑和伤痛而有所感动，有所悔悟，继而给自己一个完美的答复。

等她有些口干舌燥时，子敬只是将一杯酒递过来，说："男人就像这酒，女人喝了都会觉得烈，但都喜欢这种烈。但男人不一样，越是烈的酒越伤人，我已经伤过很多女人了，你这么好，我不能伤害你。"

雨茉回想这几年来自己在意的究竟是什么？她似乎习惯了，习惯了子敬在她耳边喃喃低语的样子，习惯了子敬的坏笑，习惯了子敬朝她脸上吹烟圈的细微动作。她的眼泪夺眶而出，难道这仅仅是一场游戏？

子敬摇摇头，像第一次认识时那样，一手揽着雨茉出了酒吧门，另一只手伸向了裤子拉链。子敬一边解手，一边侧过脸坏笑看着雨茉。雨茉别过脸去，她承认自己还有些心动，但她也感觉自己有些不认识子敬了。这些年来，她以为随着年月的增长，双方会越来越默契，直到等来一句承诺。但是子敬却受限于自己的经验，迟迟不敢迈出那一步。雨茉也到了该离开的时候。

如果说欢愉是爱情的一部分，那么承诺便意味着我们需要承担起爱的责任。或许只有当我们做出承诺时，这场游戏才真正开始。

相爱没有那么简单

还记得年少在部队时，队里面有个排长，约莫二十六岁的样子。因为跟他比较投缘，便经常出入他的办公室。那时候流行在办公桌上放一块玻璃，下面压着些照片，还有一些座右铭之类的。我记得排长当时就压着一张自己用毛笔写的"人到中年"便签。

那时候的我对"中年"这个词的概念还很模糊，觉得人只有过了三十岁才能算是到了中年，而他不过是风华正茂的年纪。

排长经常彻夜不眠，拉着我跟他聊天，虽然第二天我还要上课，还要操练，还要站那一次就要两小时的岗。在那些不眠的夜里，他总是打趣地问我初恋的事情，问有多少女同学给我来信，却很少提及自己。

我终究明白，他一定是因为感情的事，而无法入睡。回头想想，他正是血气方刚的年华，又怎耐得住长夜漫漫。

后来，我偷偷地看了他的信件，才发现他竟然陷入了一段感情的纠葛当中。他知道后，并没有生气，反而大方地向我坦陈这段感情的痛楚。

原来，他深爱的姑娘在遥远的边防，他们是在军校时认识的，那时候女孩还是军队卫生学校的一名女学员，如今却已是某边防部队的女军医。

照片上的她穿着一身绿军装，肩上的红肩章十分夺目，脸上有些坚毅，又有些许文艺气息。

排长告诉我，她不但是一名出色的军医，经常发表医学论文，而且还经常写一些散文和诗歌发表在报纸的副刊上。

而另一个女孩是北京的，同样也是军医，据说有着深厚的背景，如果联姻成功，可以将排长调到北京的机关去。女孩追求排长好几年了，排长一直没有给出明确的答复。

排长有时候会问我，如果是你，你会选择谁？我头也不抬地回答，当然是边防的军医姐姐。排长摇摇头，说你还小，不懂的。

时隔多年以后，我方才懂得，为什么排长会在玻璃下面压一张"人到中年"的便签。

很多事情，只有经历过，才会明白，这世间，爱情的考验，还有很多很多你无法抗拒的东西，权力、金钱、家世等等。

也许，你会说，对于爱情来说，这些又算得了什么？事实上，那些看似附加的东西，却如同恶魔，诱惑着我们，将我们的心灵吞噬，让我们陷入焦灼，而忘了爱情应该有的纯粹。

小菲是因为一次拨错电话认识坚的，那时候坚还是一家保险公司的业务员，收入不菲，但忙得天昏地暗，无暇顾及恋爱这件小事儿。

小菲那时候研究生刚毕业，要给导师打电话结果拨给了正在忙碌的坚。

小菲问："是李老师吗？"

坚正忙着一笔新接的单子，以为是个骚扰电话，便没好气地把电话挂了。

小菲又重拨了一遍，问："是李老师吗？我是王菲呀。"

那头的坚冷哼一声："你是王菲？我还是谢霆锋呢。"

小菲又好气又好笑，这一来二去，她便与坚认识了。

小菲出身很好，父母都是高干，她在上大学的时候便自己驾着一辆奥迪上学了。认识坚后，为顾及坚的自尊，小菲隐瞒了一些自己的身份，只是说自己硕士刚毕业在找工作。

坚来自北方的一个县城，工作上他很勤奋，是个不折不扣的上进好青年。也正是这一点，让小菲非常欣赏。在她的身边，大多是富二代和官二代，不是作风奢靡，就是为人高傲。在她眼里，坚实在是当下少有的青年才俊了。虽然现在苦点累点，但只要努力，她相信坚一定会有一个好的前途的。

小菲很快搬到了坚租住的屋子里，屋子很小，很局促，这对于从小生活在大房子里的小菲来说很难适应。小菲为了让坚和自己生活得更好一些，自作主张将车卖了，给坚租了一套大点的房子。

半年后，小菲又托父亲的朋友将坚从保险公司调到了银行。对于此，坚并没表现出开心的样子，因为从保险公司到银行的转变，看似工作更加稳定了，收入却大幅下降。

从前在小菲面前表现昂扬的坚，一下子颓废下来，他经常沉默寡言，就算小菲用自己从未下过厨的手开始学着做一些小点心给他，他还是无法振作起来。

小菲说，坚已经半个月没有理她了，甚至几次提出分手。

小菲又说，我可能真的要失去他了。

小菲只是想让坚过得轻松一点，却忽视了坚除了为自己而奋斗外，还要时时贴补远在家乡务农的父母，而收入的多少对于他来说实在太过重要了。

当初帮助坚做出这个决定，小菲只是希望坚过得轻松一些。坚有着强烈的自尊心，并不想依仗小菲家平步青云，但收入降低带来的焦虑又让他陷入两难的境地中。

　　面对这样的困惑，我竟然无法给予小菲足够好的指导。小菲做得没错，但坚也许想靠自己去拼搏出那些现实层面的东西。在一段爱情中，现实因素在不同阶段出现，亦考验着我们的爱情。重新回到那个排长的故事，他终究没有选择那两个让他左右为难的女军医，而是在驻地找了一个既有些才情又有稳定工作的女孩结了婚。

　　我们总是艳羡那些美好的爱情，却从未想过爱情远不止那么简单，它偶尔会暴露局促现实的那一面，无论做出何种选择，经历了这些挑战，或许才能认识到爱情的复杂内涵。

等一份爱的出现

我和艳的相识是因为一个军嫂。

那时候我还在部队，军嫂的出现犹如给所有年轻的军人以爱情启蒙，所有人都以军嫂为标杆，渴盼着爱情的降临。

军嫂也是一边忙着照顾家庭，一边张罗着为大家介绍对象。军嫂长得漂亮，人又性格温和，她跟着部队的丈夫在南京生活了几年后，又随军去了北京。

去北京后，军嫂经常在朋友圈里晒与丈夫的合影，后来有了孩子，晒得就更多了，那种其乐融融的景象，十分令人艳羡。但好景不长，许是到了七年之痒，又或是丈夫在工作调动后有了瓶颈，婚姻一度触礁，但后来还是转危为安。

在南京的时候，军嫂和艳做过一段时间的同事。军嫂很照顾新入职场的艳，时间久了，便情同姐妹。因为军嫂的缘故，我得以与艳相识，艳也像认军嫂做姐姐一样，将我视作兄长。

军嫂的爱情一度成为艳的榜样，艳知道，只要自己努力，总会收获一份美好的爱情。

前些年的一天深夜，艳突然打来电话，说，哥，我失恋了。然后就是连声地哭泣，我只好劝慰她，夸赞她是个好女孩，敢爱敢恨，告诉她是那个男人不懂得珍惜。我以一个过来人的口吻做着劝导，其实当时我也是孤身一人。

我记得，艳在以前的电话里，经常告诉我，那个男孩和她一个单位，就坐在她的对面，每次看到他，她都会怦然心动。

只是那个男孩对艳并没有太多的想法，直到艳坦白了对他的感情。他们终于可以谈恋爱了，只是男孩有些介意她不是他的初恋。

艳告诉我这些的时候，已经没有把我当成外人，她说，哥，我是真的喜欢他，每天看不到他，心里就会揪得慌，魂不守舍。

我说，既然如此，就大胆地去爱吧，去追求吧。

艳称他叫猪猪，或许姓朱吧，艳和猪猪的爱情并没有一帆风顺，猪猪对她的热情远远不及艳对他的爱慕，艳将一切的希望和未来都寄托在猪猪身上了。

直到，那天深夜的电话，艳说，他说不想结婚，起码是暂时，在他看来，现在事业才是第一位的。艳哭得泣不成声，她知道这次的感情是无可挽回了。

我只好告诉她，放弃吧，既然这么长时间了，你都不能进入他的内心，而那些你自以为是的温情和相爱，不过是别人一时的感动罢了。

没了爱情的艳，像无头的苍蝇，每天既要面对那个男孩，却又回不到从前的时光。她毅然决然地辞了职，去了一家新的公司，她希望一切都可以从头再来。

事实并没有她想象的那般美好，由于年龄渐长，父母开始对她的婚姻大事着急起来。艳也很着急，有一次，她电话里竟然跟我说，哥，要不你回南京吧，我们试试看。我被她的话惊到了，从来没有想过，艳会说出这种荒唐的话。

为了让我对这件事提起兴趣，艳甚至主动说起家里的情况，说家里有一套房子，父母又买了一套新房，如果她结婚的话，可能会得到那套新房。看样子，艳的父母是想用房子作为条件来换取艳的婚姻。

我说，我可以回来看看你，但婚姻不是儿戏，感情更不是。

几年过去了，我以为从感情的旋涡里走不出来的艳竟然结婚了。

听她描述去办结婚证的趣事，还有一张又一张幸福甜蜜的婚纱照，真有点替她感到高兴，这个丫头终于找到了好归宿。

张惠妹唱着：跌跌撞撞才明白了许多，懂我的人就你一个。

张靓颖唱着：终于等到你，还好我没放弃。

好像只要愿意去等，都会等到那个爱自己的人出现。

天堂来信

当海军告诉我他要第二次骑行去西藏时,我张大的嘴巴半天合不拢。我似乎比他还要激动,好像明天去西藏的是我而不是他。

他没有像上次那样给我看他新买的山地车,以及水壶、野外帐篷、漂亮的手电、地图、瑞士军刀,还有他新置换来的单反相机。

他甚至没有了上次的亢奋,我想他已经习以为常了。

结果出人意料,他有些低沉的嗓音像被塞了棉花絮,他说自己可能失恋了。我说你开玩笑吧,你们的爱情就像天山的雪莲,是经过那么多考验才成全的,怎么可能说谢就谢了呢。

对，就是因为是雪莲，所以经不起世俗的磨蚀。

我突然明白海军二进西藏的目的了。

他和女友相识于那条通往西藏的天路，他们是路上结伴的驴友，因为共同的理想爱好而走到了一起。

当海军给我发他和女友的照片时，我感觉他们太登对了，梁山伯、祝英台也不过如此，王贵、李香香也得甘拜下风。

照片上，他们站在一个河谷里，海军的面孔已经晒得黝黑，他的女友站在旁边，裙裾飞扬，风吹起她微卷的长发，像极了吉卜赛女郎。

海军沉浸在幸福中难以自制，他不停地在BBS上发着自己骑行西藏的见闻和摄影照片，其中一幅拍摄于可可西里附近的青藏铁路照片还获了奖。那时的他自信满满，好像全世界他是最幸福的人了。

当海军回来后，大家才幡然醒悟，原来，离天堂最近的地方可以让人获得新生，甚至可以带来美好的爱情。

"安多—那曲今天骑行137.72公里,净骑行时间8∶13∶23,最高时速48.0公里/小时。昨夜是睡得最差劲的一晚上了,不知道当地的人们为什么这么热情高涨,对面茶馆里的歌声几乎在夜色中飘荡了一夜,而且词曲已经被时髦的现代人搞得面目全非,土不土洋不洋的,更糟糕的是,我们住的房间隔音效果差得要死,无奈的声音无奈地充斥着自己的耳朵,翻来覆去……"

看来他在骑行中也遇到一些苦恼的事,但很快就被旅途中的快乐盖过了。就像他描述的那样,骑着单车,带着一种天真,一种友善和热情洋溢,穿过了辽远的山寨、广袤的原野,还有浩瀚的沙海……

"跑了一次西藏,感受最深的是:你什么都可以不带,但有一种东西一定要带上,那就是——微笑!一路上见到任何人都要礼貌地微笑、打招呼,这可以化解很多麻烦,而且也使自己的旅行更加快乐。"藏民的热情让他记忆深刻,他经常用自己的相机记录下那些藏民的日常生活。

"不久前见到一家藏人家正围在一起剪羊毛,他们招手叫着让我下去喝酥油茶，把车子扔到一边，我跑了过去，我微笑着，他们也冲着我笑，示意我坐下来喝茶，女主人去土屋里取来一个干净的碗，倒满，这是我第一次喝酥油茶，稍微有点咸，还有点膻，还有点奶的味道，也许是第一次喝，没感觉太好喝，我还是品了品，一口喝了下去，女主人马上给倒满，我看他们剪羊毛，还问这问那，他们给我最多的就是微笑。我说可以拍照片吗？嗯！他们微笑着点头。"那些纯朴的人感动着他，让他感觉到纯正的信仰对于人类的重要。

他到了西藏，拥有了吉卜赛女郎一样的女友，他对我说：我已经融化在这蓝天里了。

但是这次，海军却一直没有来信，他像一头失踪的骆驼消失在茫茫的戈壁滩。城里的月光洒下的清辉很快被霓虹淹没，我掰着指头掐算着海军的行程。

他该到青海湖了吧？他一定会坐在湖边，点上一根烟，望着无边的湖面发呆，这时候说不定会有跟他一样的驴友过来搭讪，一起抽上一根中南海，然后分道扬镳。

今天,他应该到化隆了,那是青藏铁路穿过的地方,那里有个神秘的兵工厂,他一定对此充满了兴趣。

到可可西里的时候,他见到藏羚羊了,那些可爱的家伙在高原上奔跑着,它们头上的羚角像风中的号角。他没有惊动它们,小心翼翼地从旁边骑过去了。直到很远,他才松了口气,却发现背囊已经被汗水打湿。

我想象他孤独的身影,在辽阔的大地上投下的长长的影子。

半个多月过去了,海军仍然杳无音讯。电视里播放着关于青藏铁路的新闻,我总是不自觉地在镜头中搜寻着海军的身影,当镜头里闪过一个骑行者的身影,我会按捺不住激动的心情紧紧盯着屏幕,直到那个身影一晃而过。我才知道,那只是错觉。

海军应该快到拉萨了吧,最起码也到噶陀寺了,他一定拥进朝圣的人群中了,他跟他们一样,伏在神佛面前,五体投地。那些善男信女唱着听不懂的歌谣,吟诵着经文,他们将海军淹没了,我怎么可能找到他呢?!

收到海军的信息时，我正在摆弄自己新买来的相机，这款相机是限量版，但我一直不明白单反的意思。我像小时候玩闹钟一样，将相机拆开来，再试图重新装上。但技术上的难题一下子让我无所适从。我心里想着，如果海军这时候在身边就好了。

也就是在这个时候，海军的短信来了。他说他已经到了拉萨，正站在布达拉宫前，一手搭在彩色的旗幡上，一手拿着新买的手机给我发短信。

但手机号却是陌生的，我说你的手机呢？

他回信说，手机已经送给藏民了。

在经过那曲的时候，他又去了那户去年留宿他的藏民家，但这次他没有像上次一样得到款待。

原来，藏民家的男女主人同时生了大病，却又不能去医院医治，两个上学的孩子也不得不辍学在家。那天夜里，女主人的病情转急，全家人都哭了起来，惊动了海军。

他当时就拨了急救电话，很快医院就来了救护车。只是，为时已晚，女主人的生命还是被夺走了，但男主人因为及时救护，转危为安。

这件事让他久久不能释怀，当他听说这里的藏民打电话需要跑到几百里外的地方，他决定将自己的手机留给他们，并教会他们家的孩子怎么使用这部手机。

他说，你知道吗？那两个孩子真的很聪明，他们一学就会了，连短信都会发了。到了西藏后，他又给这部手机充了值。他想暂时能做的就只有这些了。

我的眼眶有些湿润，海军依然如当初般善良。我说，你快回来吧，子怡已经找了你好多天了，她说她很想你。

子怡是他的女朋友，这几天一直在打电话问我，海军去了哪里。我没有告诉她，因为海军让我对他的这次行程保密。

海军说，他可能会选择留在西藏，他是热爱那里的，他爱那里的一草一木，一山一水，还有可爱的藏民，甚至那些在路上追赶过他的藏獒都会让他肃然起敬。

可是，他不知道，他的女友在最近收到一条短信，短信上说：你的男朋友是个好人，他救了我们全家。

一场名叫"报应"的爱情

阿三死了。

当"阿三死了"的传闻像瘟疫一样四处扩散时,我妈连头都没抬,她一边拣菜一边说:"这不就是报应吗?"

阿三是因为癌症晚期不治而亡,据说住院的时候没有人去探望他,就像他当初结婚时一样,收不到一个像样的祝福。

陪着阿三的是比他大十几岁的女人美凤。美凤嫁给他时,女儿已经二十多岁了,眼见着要成家添外孙了,美凤离家出走,跟着阿三过起了流亡的日子。

美凤的样子我记得太清楚了,她每次慢悠悠扭着腰肢出现在我家门前时，都会上下打量才上初中的我，说："这孩子脚不错，骨骼清奇，胖瘦得当，以后是穿皮鞋的料。"

我妈打断她说："三缺一吧，我今天没空，孩子周末回家要吃要喝的，你们去玩吧。"

我妈打发了她走，嘴里会继续嘟嘟哝哝的，"自己没事做好像别人也没事做一样，漂亮女人不能娶哦。"

直到饭菜上桌，衣服晾上了晒衣架。她才气鼓鼓地坐下来，"漂亮有什么好，好多男人盯着呢，自家男人不晓得要戴多少绿帽子喽。"

我妈自然说的是美凤，美凤那时候也是四十岁的人了，但皮肤吹弹可破，十几岁就嫁做人妇，生了两个女儿。两个女儿并没有完全继承美凤的美貌，只有那双水汪汪的大眼睛像极了美凤，眼角眉梢微微上挑，是那种勾魂摄魄的丹凤眼。

那时候，她丈夫在工厂上班，三班倒的工作，只有轮休的时候才能回家。漫漫长夜，她就东家逛逛西家串串，逮到几个人就围起一桌麻将，玩到深更半夜才回家。

有时候女儿们会陪她出来晃悠，但终耗不过她旺盛勃发的精力，早早回家睡了。轮到她老公休息的日子，也会跟着她出来，手里拿着手电筒，站在她背后，不停地唠叨着她手里的牌。

美凤嫌他碍事，便会佯装成不爽的样子，嘴里冒出哏儿来："输输输，背后站个猪。"牌桌上的人和周围的看客便会哄堂大笑起来，美凤一脸的娇嗔，两腮飞起了红晕。

她丈夫站在后面，手足无措，但又不想走，就那样两只手垂在那里，不停地搓着手电筒。

美凤和阿三相好的事，我妈肯定是知道的。她们毕竟是牌友，而且美凤总是有些仰仗我妈的意思，就算我妈时不时地讽刺她，她也像耳旁风一样，还是会三天两头过来找我妈。

但我妈从来都不提这些事，在我妈眼里，美凤是牌友，阿三也是牌友，只要他们不在牌桌上串通好了出老千，传眼神，一切都好办，下了牌桌，大家还是朋友，各过各的日子，各唱各的戏。

那时候，阿三是有老婆的，阿三老婆的样子我还有些记得，身材有些丰腴，性格也是风风火火的，是那种古道热肠的女人。但她不上牌桌，从不上，甚至也不想让阿三上。但阿三大男子主义惯了，她再威风也不能一天二十四小时看着他。

阿三老婆终于想了个办法，让阿三彻底离开了牌桌。她给阿三找了个工作，是去江上跑船，不但阿三去，她决定自己也跟着去。这样，在十天半个月也不上岸的船上，阿三就只能守着丰腴的老婆，过起卿卿我我的二人小日子。

阿三老婆是个聪明人，小算盘打得溜溜转。阿三上了船以后，果然消停了许多，偶尔上了岸，不但没去打牌小赌，反而给她带回来些面料、毛线之类的，给她打发日子。阿三老婆乐得合不拢嘴，觉得爱情又回来了。

寒来暑往，阿三和老婆在江里面跑船，风风雨雨的竟然也过了几载。但有一年的春节，阿三自己一个人回来了。阿三回来后叫来以前的牌友，帮忙在家里操办起了丧事，却不见丧为何人。原来，阿三老婆在一次跑船时掉进了江里，等阿三发现时，老婆早已没了踪影。

面对滔滔的江水，阿三呆立在那里，他甚至都来不及反应发生了什么事，就失去了自己这几年来朝夕相处耳鬓厮磨的女人。

阿三是个大男人，大男人自然有大男人的样子，拿得起放得下。老婆去世后几个月，他决定不去江上跑船了，老婆去世的阴影还在，他不想回到那个让自己伤心的地方去。

阿三重新上了牌桌，重新遇见了美凤。这个时候的美凤已经四十多岁了，但风韵犹存，总是把一头乌黑油亮的头发垂下来，在过了衣领的地方打个小结，扎上一块丝质方巾。

正是这一头如云的黑发，让阿三重新燃起了对爱情的渴望。有时候，阿三在起身给茶杯续水时，会有意无意地将头埋进美凤的头发里，嗅一嗅，然后说："用的是海飞丝吧。"

美凤会侧身白他一眼，"去，是飘柔，臭男人你懂什么？"

阿三便哈哈大笑起来，嘴里念起广告词："飘柔，就是这么柔顺。"说着手便伸过去，撩起了美凤的头发。美凤一巴掌拍过来，说："去去去，不正经。"

那时候，美凤的大女儿已经到了谈婚论嫁的年纪，也有了心仪的对象。我妈经常给美凤灌输以后当外婆的经验，美凤倒不以为然，说女儿嫁了人就是泼出去的水，女儿生了孩子就是人家的，自然有人带。

我妈就气得一哼一哼的，说："你这个样子，哪像个要当外婆的样子哦。"

美凤一副我行我素的样子，理都没理我妈，袅袅娜娜地走了。

美凤和阿三私奔的日子，美凤的老公还在工厂上班，等他急匆匆赶回来时，早已人去楼空，只有两个女儿坐在地板上不停地哭泣。

美凤的老公抓住大女儿的双臂，问："你妈呢？你妈呢？"大女儿摇摇头。他又一下箍住小女儿的胳膊，问：

"你妈呢？"小女儿一下甩开他的手，说："你掐疼我了。"

美凤的老公一屁股坐到地上，忽然又疯了一样爬了起来，跌跌撞撞地冲出门去。

大约有半年的时间，美凤的老公寻遍了街头、车站、码头，找遍了城市的每一个他们可能藏身的角落。偶有人说在哪里见到了美凤，说看见美凤在给阿三洗衣服呢。他便马上扑了过去，但每次都两手空空回来。于是，便有人说，女人一旦跟人走了就别指望能回心转意，还是死了这条心吧。

美凤老公方才作罢，回到工厂安心工作，幸好两个女儿也大了，嫁人的嫁人，上学的上学。

美凤和阿三离家出走后，便很少听到他们的消息了。就连逢年过节，他们也不曾回来。好事者会问起有没有寄钱物回来，家里的老人守口如瓶，生怕美凤老公知道，闹出什么是是非非来。

一晃十年过去了，美凤的两个女儿相继嫁作人妇，美凤的老公也是过了花甲之龄。根据推算，美凤也早已过了知天命的年纪，只有阿三还算年轻，甚至都不到五十岁。

最年轻的阿三传来的最后消息竟然是因病去世了,守着他的只有美凤一人。

从前对他们只字不提的老人,终于背起了行囊去奔丧。美凤和阿三的行踪也终于曝光在众人面前。

我妈说:"像他们这样,害人害己,不是现世报是什么呢?"

"90后"外甥女不以为然,说:"那不一定,他们一定是真爱啊,不然怎么可能老妻少夫生活在一起这么多年,就连阿三得了绝症,美凤还是不离不弃。"

母亲无言以对。

潜望镜里的爱

那天天气真好，我和吕西安穿着迷彩服，在装甲车车厢里抹着机油，那机油半透明，黏糊糊的，就像港式茶餐厅里的菠萝油，像蛋糕店做完生日蛋糕扔在垃圾桶里的废料。这种油有着一个奇怪的名字：钙基脂。听上去是可以补钙的，但其实就是一种合成油，用来防止坦克和装甲车生锈的，又防水防冻，但就是很脏，稍有不慎就弄得满身都是。

原本我们在车厢里谈论坦克为什么是滑膛炮而不是线膛炮，为什么瞄准用热成像而不是红外。但凡我们在训练或者对坦克和装甲车进行保养的时候，我们都会找出各种话题，从家乡的女同学来信的多少、收信的频率到二排长新换的女朋友惊为天人的三围,到靶场打靶谁打了连发谁一直脱靶被排长一脚踹飞,再到美国到底什么时候出兵攻打伊朗。古今中外,天文地理,我们几乎把该聊的都聊过了。

直到那天吕西安把潜望镜拆了下来,在我们之间突然诞生了一个全新的议题,那就是驾驶潜望镜为什么不能变焦,不能扩展倍率?

我对吕西安说你以为是相机呢?还变焦,你专业白学了。变焦只会造成遮挡,在大雾天会影响对前方的观察。驾驶员要保证观察的范围,而不仅仅是距离,这种潜望镜可以观察到180度的广角范围还有夜视功能,足够了。

吕西安似乎并没有听我说话,手里一直把玩着那部潜望镜,然后他说,你要不要试试这玩意儿。我说我早就试过了,挺神的,在车厢里就能看到很远的地方,很清晰,赶上天气好,比如今天,我们就能看到距离几千米远的人在干什么。

这么神?你要不要再试试?他斜睨着我,将手中的潜望镜扔到我手里,身子半截已经出了车厢。

我们在暗无天日的车厢里工作，每次出来都觉得阳光是这个世界上最美好的东西。整个保养车间都阴冷无比，但那天却有一阵暖意袭来。一定是阳光，是阳光把这片阴暗潮湿的地方融化了。

吕西安上去以后就把我也拉了出来，说你小心着点，别让班长看见了。他一手夺过潜望镜塞到怀里，径直往楼上奔去，我紧跟了几步，发现楼顶上有一个孔洞，四四方方的，旁边放着一架可以通达屋顶的梯子。梯子是金属的，长久不用早已锈迹斑斑。

吕西安说，你来试试这潜望镜，脱离了坦克装甲车，是不是可以看到更浩渺的世界。我接过来举目四望，看到白杨树林尽头的铁轨，那是我们当初军列驶来的路，也是唯一离开这里的一条铁路，每次火车声响，就像扯动了心底的弦，无比疼痛。看到靶场上空的大雁，这会儿正凌空翱翔，盘旋着飞上天空，又降落，像一架无比骁勇的战斗机；看到田野另一边的湖泊，在阳光下闪着金光，这个湖泊据说有个像蛟龙一样的名字，在山与平原之间盘旋着，可以一直流到大海。

我说，吕西安，我有点想家了。

吕西安夺过潜望镜，说你就这点出息。他举起潜望镜，像哥伦布发现了新大陆。他边看嘴角边发出啧啧的声响，直到镜头定格在某一处就再也没有移动。

我说你看到什么了，这么聚精会神，比看到成龙电影里的邱淑贞、王祖贤、叶蕴仪还要来劲。

吕西安说不跟你说了，我得出去一趟。

我说你这时候出去？你私自拆卸军用武器，私自爬上楼顶，现在你还想私自外出？

我不跟你啰唆了，我得马上出去一趟。

吕西安几乎是从楼上一跃而下的，他跳下的那一刻，让我想到了佐罗。他一定是去履行某种使命的，或者说他要去完成某种救赎。因为我从他的眼中看到了坚毅，甚至看到了莹莹的泪光。

他一路小跑着出了保养车间，跑到了不远处的收发室，毫不犹豫地骑走了刘班长的脚踏车。

我是当天晚上才知道吕西安去了哪里，做了什么。也是在很多年之后才知道吕西安因为那天下午的私自外出，从此命运就被改变了。

那天晚上，他被叫到了连部，据说那天晚上，连长和指导员对他的审问足足进行了三个小时，像一场势均力敌的持久战。最终，吕西安如实供述，他爱上了村庄上的一个女孩，准确地说是一个少妇。

军人爱上有夫之妇，这在军营里是个禁忌。连长说，吕西安，你的军事素质非常好，我们一直看好你，觉得你是可造之材，你打靶每每十环入靶心，四百米障碍你第一个过关，五公里越野你总是第一名，你只要好好再加把劲，把文化课补一补，你就是未来的栋梁，是将才之料。可是，你太让我失望了。

指导员倒是晓之以理，动之以情，说，吕西安，你是缺了哪根弦，偏要往这霉头上触，现在好了，我想帮你说句话，都无从说起，这是违反原则、触犯军规的事啊。

吕西安说，我是一个军人，当我看到有人家暴女性，我不能坐视不管。

可是，你私自外出，而且对驻地百姓进行了殴打，这是非常严重的事情。更严重的事情是女子的丈夫说你和他的妻子有奸情。

吕西安说，我一人做事一人当，何况这不是霉头，更不是什么莫须有的奸情，这是爱情，你们懂什么叫爱情吗？莎士比亚说过，忠诚的爱情充溢在我的心里，我无法估计自己享有的财富。

指导员说，你倒跟我转起名言了，你可又知道，爱是有界限的，何况你还是个军人，军人有军人的天职，你现在的天职是保家卫国，小爱要放到第二位的。

最终还是吕西安败下阵来，耷拉着脑袋说，我无话可说，任由处置。

连长对吕西安还是给予了足够的关怀，并没有上报情况将他开除军籍，直到深秋，老兵退伍的时节，吕西安才正式退伍。

我们也是多年后才知道，吕西安留在了那个村庄。他退伍后没有回家，而是坚决地留在了山脚下的那个村庄。他把那个音像店盘了下来，因为有老兵这层关系，附近营区的战友都到他这里来租碟片。

后来,那个女的离了婚,和他走到了一起。代价是吕西安和她丈夫的一次决斗,腿被打折了,留下了残疾。每次有战友去他店里,都像是去膜拜,想看看这个当年为爱不顾一切的神枪手是什么样子。

这段感情一直以来被视为佳话。在很久以后,我们谈起,还很羡慕吕西安的勇气。而我总是会想,如果我们那天没有把潜望镜拆下来,如果我们没有爬上屋顶,如果我们没有看到山脚下的那一幕,是不是一切都会改写。很多时候,改变我们命运的不是一场场大的事件,或许我们不经意的一个小小选择,就注定了航向的改变。

你记得也好，最好你忘掉

今年，上海连续下了几场很大的雪，很多人都拥上街头狂欢。

曼桢隔着正大广场的玻璃门看着喧闹的人群，不禁失笑。脑海里却浮现出西安的雪，西安这时候也该下雪了吧，纷纷扬扬的，落满了整个街道，整个城墙，整个护城河。你可以聆听千年古树落雪的声音，可以感受千年古塔积雪的重量，想象皑皑白雪下那些久远的朝代，肌肤胜雪的妃嫔宫女。

那才叫雪啊。

曼桢心里想着，却不料脚下一滑，一个趔趄差点摔倒，幸好有一双手将她扶住了。

她抬起头,看到的却是一双巨型玩偶的眼睛,眨巴眨巴地看着她。

曼桢被吓了一跳,继而笑出声来。她刚要说声谢谢,那个人形玩偶便扯下了面具,露出一张正憨笑的脸。

"大军?"曼桢惊呼。

"是啊,是我。曼桢,你还好吗?"这么冷的天,大军竟然满头满脸的汗。

"我还好,你呢?"曼桢觉得自己这样问有些多余,因为她看见大军身后的广告牌,还有他身上的玩偶套装和面具,便明白了些什么。

"我挺好的,过年回西安不?"大军摸了摸后脑勺。

曼桢皱了皱眉头,"大军,我这会儿有事,改天有空再聊好吗? 这是我电话。"曼桢匆匆塞了张名片给大军,便蹬着高跟鞋飞一般地走了。

曼桢没想到会在这样的场合遇到大军,甚至她都没想到在上海还能遇见大军。几年前,大军来找过她,她把大军送上了列车,她以为和大军的故事就此画了句号。

她清晰地记得,那天送大军上车,大军从绿皮火车的窗户里探出头来,说的最后一声"珍重"。

那天的情形,曼桢不愿再想起,但每每夜深人静的时候,又克制不住自己。她从来没有想过要考虑大军,去喜欢大军,甚至去爱上大军。而大军不一样,从小,大军就对自己如同兄长,处处保护着自己。

或许,有一种情感叫做依赖吧。曼桢后来为自己找了一个非常可靠但又牵强的理由,对,就是依赖。曼桢一直依赖大军,这种依赖,在某种程度上已经非常接近爱情了,但曼桢就是不能接受,她宁愿以兄妹关系相处,并且一直这样下去。

大军是在曼桢考上上海大学的研究生时,向她表白的。大军的表白,让本来就心猿意马的曼桢更加心焦气躁起来。

曼桢是在工作三年后才决定考研的,原因是有一次单位组织去上海培训,那时候她在图书馆工作,去上海取经一直都是同事们梦寐以求的。

那次，曼桢对上海留下了非常好的印象，庞大的都市，井然有序的街道，时尚而又彬彬有礼的路人，让她这个一直在西部长大的女孩感受到了一种完全不同的磁场。

那次培训归来后，曼桢就决定要去上海闯一闯。父母都表示出坚决的不赞成，说你一个女孩子家，年纪也不小了，不惦记着恋爱结婚，还想往那么远的地方跑。你放心，我们还不放心呢。

曼桢气得辩驳："妈以前不就是从上海过来的吗？我记得妈说过为什么要给我起这个名字，曼桢，是妈最爱的张爱玲书中的人物。难道你们就真的不想我能回去吗？"

曼桢的母亲是当年援助西部建设从上海过来的知青，父亲却是地地道道的西安人。从小，曼桢就听母亲说起上海的事情，说那里的小白兔奶糖有多么好吃，那里的房子有多么洋气。

但是现在，就连母亲也跟父亲站在了同一条战线上，他们一致希望女儿能留在自己的身边，而不是为圆一个荒唐的梦而去冒险。

但有一个人一直支持她,那个人就是大军。那天大军拉着曼桢在雁塔路边吃羊肉泡馍,边喝酒。大军说:"你从小就学习好,不考研太可惜了。"

曼桢点点头,说:"是啊,图书馆的工作枯燥乏味,一眼就能看见自己十年后的样子,这种日子我受够了。"

大军举起酒杯,对曼桢说:"我支持你,你在图书馆工作,正好有时间好好复习,祝你成功!"

大军的样子,让曼桢好笑,但心底里也坚定了考研的决心。

有志者事竟成。一年后,曼桢如愿考取了上海大学的研究生。得到喜讯的那一天,她第一个跑去告诉的人就是大军。

在高高的城墙上,大军把她抱了起来,说:"你终于圆了自己的梦,你能不能圆我的一个梦呢?"

曼桢以为大军开玩笑,说:"你尽管说,我什么都可以答应你。"

大军对着远处的大雁塔高声呼喊:"曼桢,做我女朋友吧！"

曼桢被大军的呼喊惊呆了，她没想到大军会向自己表白，一直以来，他们情同兄妹，一个碗里吃过饭，一个杯子喝过酒，但从没想过要成为男女朋友。

曼桢低下了头，她看着脚下的护城河，想看看有没有自己的影子，她将身子探了出去，但就是看不清。

大军将她一把抱住，说："曼桢，你干什么？太危险了。曼桢，我会给你时间的，等你学成归来，不，如果你想留在上海，我就跟你去上海。"

曼桢启程那天，并没有告诉大军，因为大军的表白，让曼桢整整苦恼了一个春节，那年的春节奇迹般地没有下雪。

曼桢心想，一直听说上海也很少下雪，这或许是在迎接我呢。

义无反顾的曼桢终于踏上了去上海的列车。

一下火车，曼桢就迷路了，站在上海火车站前手足无措。她想在路边拦个出租车，但路上并没有一辆出租车愿意停下来。

这时候，身旁有个声音飘过来："你好，你是要打车吗？taxi都在前面的地下停车场。"

曼桢以为对方是个黑车司机，在西安，她见多了黑车司机，经常拉着人绕远路，甚至图谋不轨。但看那人面庞白皙相貌斯文，倒也不像个坏人。曼桢点点头以示感谢，便拖着偌大的箱子往前面走。

那人走过来说："我帮你拿一点吧。"说着接过了曼桢手中的箱子。

也就是那天，曼桢认识了这个帮她提箱子的男人，他叫潼。

后来，潼告诉曼桢："你知道我的名字里为什么有个'潼'字吗？"

曼桢摇摇头，潼告诉她："因为我的祖籍在陕西。"

曼桢惊讶地看着潼，刚刚从陕西到人生地不熟的上海，曼桢瞬间觉得与潼拉近了距离。

那时候潼已经有女朋友了，但潼的贴心、潼的暖男特质，令从小就生活在西北的曼桢感受到和风细雨般的温馨。曼桢甚至想，或许潼就是那种标准的上海男人吧，既有绅士般的外表，又能把整个家庭照顾得好好的。

有很多次，曼桢将自己的学习压力向潼倾诉，潼也耐心地劝慰她，并告诉她，毕业以后，完全可以留在上海，毕竟上海是国际化大都市，机会要多于西安。

曼桢就这样夹在大军与潼之间，夹在潼与潼的女朋友之间，已经分不清自己的角色。

直到有一天，大军从西安过来看望她。曼桢请大军到淮海路的红房子西餐厅吃饭。曼桢说："你知道吗？这是张爱玲最爱的餐厅，那时候，张爱玲就喜欢点这几样菜。"曼桢边说边指了指菜单。

大军见菜单上写着：洋葱汤、烙鳜鱼、烙蜗牛、芥末牛排。不禁皱了皱眉头，说："这有啥好吃的？！"

曼桢有些不悦，说："大军，这里是上海，别这么大声好吗？"

大军说："咋咧，上海咋咧，还不让说话咧。"

那顿饭有些不欢而散，他们走在浓密的梧桐树下，路灯拉长了两个人的身影。大军和曼桢就这样一前一后地走着。

大军说:"曼桢,毕业了回西安吧,我看上海也没什么好。人这么多,东西也不好吃,你看你都瘦了。"

曼桢回头看了看大军,在她眼里一直高大魁梧的大军此时看起来非常矮小,曼桢的眼泪就出来了,大军走过来要抱住她。

曼桢一把挣脱了,说:"大军,你不懂。"

曼桢第二天就送走了大军,大军在列车上向她挥手的时候,曼桢已经决定向潼摊牌。

潼很镇定地回绝了她。潼说:"曼桢,既然你觉得我是个好男人,可以托付终身,那么,我问你,如果我抛弃现在的女朋友,跟你在一起,还算不算得上是一个好男人?"

曼桢无言以对,虽然在她眼里,潼的形象更加伟岸高大了,但从心底里,她竟有点恨潼,如果不是潼的出现,她或许会安心地学习,安心地找一份工作,安心地在上海一点点扎根，直到遇见自己的真命天子。

但潼还是出现了，并且是在她最难熬的那段日子。

潼的拒绝让曼桢无所适从，那些天里，她一直想到的词就是：回去。

回哪里去？回西安吗？那里有自己的父母，有温暖的家，对，还有大军，还有对她所有的缺点都包容的大军。

可是，当曼桢一想到大军，一想到大军在西餐厅的样子，就彻底否定了回去的念头。她要振作起来，哪怕是一个人，也要好好吃饭，好好工作，好好地经营自己。

曼桢遇到大军的那天，正好是潼结婚的日子，她在正大广场做了头发，急匆匆往附近的酒店赶。但当她走到酒店附近时，她又折了回来。

潼的婚礼邀请了她，但在曼桢眼里，这一纸请柬就像挑战书，更像一份宣判书，宣示着曼桢的失败。

曼桢跌跌撞撞地走在街上，街上的人们还在狂欢，雪还没有彻底融化，很多人争相在雪地里留影。

曼桢觉得自己此时就像这大片大片的白雪，看上去是那样洁白耀眼,但很快,就会化掉,化成一摊水,化成蒸汽,最后化为乌有。

当曼桢经过红房子时,她想到了大军,那天的大军狼狈极了,他无法适应用刀叉无法适应喝红酒无法适应那种细嚼慢咽的样子。她还记得当初在西安时,一起吃面条的样子。大军大口大口地吃着,有时候吸得满面都是汤汁,曼桢就在旁边哈哈地笑,然后递过去一张纸巾。

那时候的曼桢是那样单纯,是那样善解人意;那时候的大军是憨态可掬的,是高大的,是值得依赖的。

天渐渐地黑了下来,曼桢仍然走在街头,她感觉自己像流浪的野猫,找不到自己的窝,也找不到一口温暖的食物。

这时候,手机响了,是大军打来的。大军在电话里还是粗大的嗓门:"曼桢,是你吗?我马上就下班了,我可以见见你吗?"

大军的声音越来越小,小到快听不清了。曼桢知道,大军是有意压低声音,他怕自己不高兴。

曼桢点点头:"嗯,你到红房子来吧,我等你。"说完,曼桢的眼泪滂沱而出，她就站在红房子楼下哭了很久，直到有个人走过来喊她的名字。

她擦了擦眼睛，看见大军手上还提着那身玩偶服装，一脸的笑意。

大军问她："你咋啦？怎么不进去？我知道你喜欢吃这个，今天我请客。"

曼桢摇摇头，说："大军，咱们去吃面吧，我不喜欢吃西餐。"

曼桢带着大军到了一个巷子里，那里有家地道的西安面馆。曼桢对老板娘说："来两碗羊肉泡馍。"

很快，两碗羊肉泡馍上了桌，两个人狼吞虎咽一会儿就吃完了。曼桢咂咂嘴，看着大军，大军也抬起头看看曼桢，两个人同时哈哈大笑起来。

曼桢笑中带泪，说："大军，我们回去吧！"

大军没有说话，只是把手中的酒一仰脖喝了下去。

走的那天，曼桢没有告诉大军。她清晰地记得，在正大广场的门口，大军掀开面罩的那一刻，身后有一双眼睛一直盯着大军,那眼神曼桢懂得,她也曾这样看着潼。

火车由东向西,越驰越远,穿过一个又一个城市,穿过富饶的江南,穿过广袤的中原,穿过秦岭,穿过群山。

只是,过了秦岭,还有情关。

春天走过童家巷

　　李春天决心离开这座城市,就像当初离开家乡一样决绝。

　　谁也不知道她着了什么魔,一心要离开。她把辛辛苦苦做了六年的米线店转给了宋娟。宋娟是她的贵州老乡,她觉得托付给谁都不放心,只有宋娟,她相信宋娟会好好待它。宋娟最初来店里帮忙,她就觉得这姑娘不错,手勤脚勤嘴又甜,见谁脸上都堆着笑。李春天说,你干脆把厂里的工作辞了到我这里来吧,包吃包住给你四千块一个月工资,年底还给你分成。宋娟给吓到了,说四千块啊,工厂里累死累活也没有这么多,你可别唬我。李春天说你看看这店里的生意我会唬你?要不是看在你是老乡的分儿上，我才不会搭理你。

宋娟真的把工厂里的工作辞了，一门心思跟着李春天干了，还和李春天住到了一起。有了宋娟，李春天就比从前松弛了许多。就像芮医生说的，你也老大不小了，整天围着米线店转，不想着点自己的终身大事吗？

李春天羞红了脸，说我还不到三十呢，不急。心里面却早已七上八下。不是她不急，而是她有意中人了，就是不知道如何捅破那层窗户纸。

意中人是店里的顾客，那天下着小雨，生意并不像往常那样好，一个穿军装的小伙子闯了进来，肩头湿了一大片。小伙子不以为意，拍了拍肩膀坐下，说给我一碗水煮肉米线，微辣。

李春天把米线放到小伙子面前，又递给他一小碟酸萝卜，里头撒了几粒花生米。小伙子咧开嘴乐，说还有这玩意儿呢，我最爱吃了。小伙子长得很白净，要不是身材健壮，一点也看不出是当兵的。李春天说你是对面部队的吧。小伙子点点头，说，我还是第一次吃你家的米线呢，准确地说是第一次吃米线。李春天问，你是北方人？小伙子说，对，我是延边人，爱吃泡菜的朝鲜族，阿尼阿塞哟。李春天乐了，说，你和韩剧里那个宋承宪真像，说话也像，要不是你穿着军装，我还以为店里来明星了。

小伙子说我还真姓宋，我叫宋康昊，战友都叫我昊子。耗子？你们战友间都这么称呼的吗？怪有意思的呢。不是耗子的耗，是日天昊，昊昊苍天的昊。

这时候宋娟出来了，说我知道这个昊，有个明星叫黄明昊，就是日天昊。宋康昊说你懂得还真多。

宋娟说，我的初恋就叫黄昊，我当然记得。宋娟接过话茬，李春天就不知道说什么好了。宋娟总是能顺理成章地从别人那里把话题续上，并且她有着天生的交际能力，无论男女老幼，见谁都自来熟。自从有了宋娟，店里的生意好了太多，在工作日，拿号的顾客经常排到了门外，又排到了马路上，经常有城管过来警告，但都被宋娟打点得服服帖帖。宋娟又在门口的银杏树下摆了两张桌，仅限于午时，过了下午两点就限号了，外面坚决不给坐了。没想到这样一来，生意反倒更好了。有些人为了等到吃一碗米线，硬是在烈日下、风雨天在外面站着，等里头的客人吃完了出来再进去。

见宋娟和宋康昊热络地聊上了，李春天知趣地说我去厨房看看。

费阿姨住在李春天对门，就在童家巷背后的楼上。宋娟搬来以后，费阿姨总是神神道道的，说，你要小心哦，这丫头的嘴太厉害了，说不定哪天把你给卖了，你还给她数钱呢。李春天说，怎么会呢，宋娟不是这样的人。

没想到费阿姨一语成谶。宋娟果然和宋康昊好上了，每次宋康昊过来吃米线，他们就眉来眼去的，也许一开始只有宋娟暗送秋波，后来两个人就对上眼了。李春天心里揪得慌，说，人家是军人，不能在驻地谈对象的。宋娟说你想什么呢？他姓宋，我也姓宋，我们五百年前是一家，觉着亲切就多聊几句，你吃醋啦？李春天本来没觉得什么，被宋娟这么一说，反倒像是自己心里有鬼了。

宋康昊来的次数越多，李春天心里就越不是滋味。有一次，他当着李春天的面嗅了宋娟的头发，虽然只是擦身而过的一瞬间，李春天还是像被什么戳了一下，她隔着后厨的玻璃看到宋康昊和宋娟的微妙举动，难过极了，但却无能为力。他们一个阳刚，一个妩媚，是天造地设的一对。她没有理由要拆散他们，甚至，她想成全他们。

李春天喜欢宋康昊，芮医生是知道的，有一次李春天去芮医生那里拿中药，芮医生说你面色潮红，这是恋爱了吗？李春天摸着滚烫的脸，说哪里有，就是走得有点急，气喘。芮医生说你可别忘了，我是妇科医生，也是心理医生，你这点小心思我还看不出来。李春天就只好把宋康昊供了出来。

芮医生听到这里唉声叹气起来。她当年也是暗恋一个男生，那是她在医学院的学长，她整整喜欢了学长四年，最后一个学期，学长和她同届的一个女生恋爱了，她觉得自己四年的时间都荒废了，发誓再也不会喜欢一个人。

一个周末，生意一如往常地好，李春天对宋娟说，今天放你一天假，你出去逛逛吧。宋娟很诧异，说你是哪根筋搭错了，这么忙你让我出去逛逛？李春天说，对啊，你不是说一直没有离开过童家巷吗？放你一天假，走得远一点，对了，这附近还有一个公园，有山有水的，你也可以去转转。宋娟说什么叫走得远一点，你这是嫌弃我呢？李春天不知道说什么才好，其实她很想说你和宋康昊出去转转吧，但她就是不想开口，生怕提到那个名字会失态。

李春天其实是想试探宋娟，想看看宋娟和宋康昊发展到什么地步了，如果他们真的你情我愿，她就成全他们，如果真如宋娟说的只是觉得亲切，那自己还是有一线希望的。结果，宋娟说，宋康昊约她很多次了，自己一直没有时间，店里这么忙也不好意思请假。

李春天最后的一线希望也破灭了。她决定像大嫂当初一样，离开江州，回到故乡去，那里虽然相对贫瘠一点，但生意在哪都一样做，何况自己这些年积累了一些经验，她早已不是当初那个为了逃婚从家里跑出来的李春天了。

李春天收拾东西离开的时候，没有惊动对面的费阿姨，她不打算告诉她，也没打算告诉芮医生。她只是在房间里压了一张纸条,那是留给宋娟的,她不打算要宋娟的转让费,只是让她记得把租金续上,并祝宋娟和宋康昊白头偕老。

李春天拖着箱子从童家巷的这头开始,慢悠悠地走,她想重新丈量这条既熟悉又陌生的街道,此时是黄昏时分,店家的灯光依次亮起来,映照到每个路过的人脸上,那些人脸上各自写着焦急、愤怒、开心、颓唐,李春天的内心五味杂陈。

微风轻拂,米线店门前那棵银杏树冒出了新芽,春天来了。

初恋这件小事

和一帮老友聚会,酒过三巡,竟然玩起了真心话大冒险。几个中年男人夹杂着几个年龄不等的女人,玩起游戏来却毫无违和感。本着八卦的态度开启了一个令所有人都神往的世界,说着说着,话题由男女关系转向了星座,最后竟然直接指向了初恋情人。

女人们说起初恋,有的说遇到过渣男,渣男都有共同的特征,一边对自己颇为用心,一边对别的女人也是一往情深。渣男在失去自己后,会变着法子折磨自己,打探隐私,进行人身攻击。在许多年以后再次相见,渣男依然会表现出十分的殷勤。

也有的说遇到过师生恋,用八九十年代最原始的传纸条方式开始沟通交流，然后渐入佳境。但因为年轻女孩难以承受心理负荷，还有学业的压力，被迫主动分手。和自己情投意合的男老师在失去自己后闪电结婚，并从此染上了嗜酒的毛病，在几年后因为肝癌而离开人世。

听到这些，众人唏嘘不已。女人们的初恋总是这样凄凄惨惨戚戚，让人听来不无伤感。而女人们却早已云淡风轻，说起往事时也是轻描淡写，像诉说琼瑶故事里的男女主人公，分明是身外事了。而男人们却陷进了往事的风波里，不能自拔。

当男人们开始讲述初恋时，则呈现出完全不一样的一种氛围。

一个做酒店的朋友分享了自己的初恋女友，那是一个公众人物，当身边的朋友将朋友圈里的照片公之于众时，大家都纷纷咋舌，一边赞叹这位朋友的眼光独到，一边调侃追问当初恋爱的细节。而这位朋友许是对初恋女友还存有心结，说到后来头低了下去，并暗示大家不要在事后提起。

这毕竟是一场游戏，但大家又深谙其中的规则，自然点头应允。原来，前几日，他与初恋女友重逢，时隔多年，大家并无联系，饭桌上的眼神交流，多少有些尴尬。

那位初恋女友如今是两个孩子的母亲，而这位朋友也已有了一个可爱的公主，并视为掌上明珠。所以，他说，如果说未来还有什么期待，或许最大的期许就是女儿，那才是他一生最爱的女人。

公务员朋友说话底气足，声音仿佛是从胸腔里出来的，让人怀疑是不是为了应付一些场合而专门练过。

他也毫不讳言，说自己其实挺压抑自己的，每天要把自己包裹得紧紧的，穿衣戴帽要端正守礼，说话做事的分寸也要拿捏得当，倘若有天酒喝多了，失了态，便几日不得安宁，心里面揪得慌，像是做错了事，自责不已。

他说起初恋的往事，则像他的身份一样，尺度把握得相当好，他说那是一段青涩而懵懂的爱情。两人是同学，对上眼后便相约去学校旁边的玉米地聊天。直到毕业前夕，女孩约了他到宿舍，舍友们知趣地离开。

那天晚上，他们缠绵了很久，却始终没有冲破最后一道防线，直达青春的命门。所有人都笑话他，说是不是当时太过于紧张，或者因为第一次而不得章法，白白损失了一次机会。

现在，他回想起来，说自己大概是怕承担责任，那时候，大家不过是十七八岁年纪，而那个女孩却要求他娶她。人之初的欢愉才刚刚开启，就要面临巨大的重负，他只能临阵逃脱，做一个多年后只能回望感叹的橡皮人。

茶馆老板的故事最妙，他讲述的时候，运用了很多的景物描写，便也增添了几许抒情的成分。

茶馆老板是个有文艺情结的人，年轻的时候因为母亲的决定，而选择了理工科的大学，毕业后也从事着男人们最热衷的IT事业。人到中年以后，他选择忠于自己的内心，与同样离职的妻子在城市的山郊野隅开了一家素面馆，每天看书习字，抚琴饲物，过着令人艳羡的世外高人般的生活。

说起初恋，不知道是不是酒精的缘故，他的眼睛有些红红的。他从小在外地长大，那是一个相对贫穷的地方，父母因为下乡去了那里。但严厉而不甘于现实的母亲坚守着一条回城的信诺，并坚定地要求儿子不可以和当地的孩子成为朋友，更别提交一个当地的女朋友，厮守终身。

但他恰恰在当地的学校里结识了自己的初恋女友，那个女孩是他一生中最不可忘却的纪念。他说，那个地方很穷，但真的很美。秋天的时候，能看到满山遍野的玉米地。当听到玉米地的时候，大家又哄堂大笑起来，但不妨碍他继续沉浸在自己的故事里。

他一本正经的样子令我们都安静了下来。他提起秋天金黄的玉米地里从未牵到的手；提起春天梨花布满学校周围的样子；提起秋天夕阳下橡树伸出高高的枝丫；提起春天每片青涩嫩绿的叶子都像在说着情话。

猜他大抵是因为太过于怀念她，所以他说起往事时有些情绪激动，但用词却又如此考究，考究得像一篇写意的散文。他的记忆里尽是美好的东西，美好到四季只剩下春天秋天，美好到让我们一度怀疑是否人为增加了一些想象的部分。

他和初恋女友感情的戛然而止，自然也是迫于母亲的压力。因为在他将要高考的时候，母亲要带着他离开那里，回到城市，回到一个可以给他更好前途的地方去。在他年少的世界里，他不得不屈从于母亲的指令，和女孩做最后的告别。

告别的部分，他没有说。或许就从未有过告别。而如今的他，仿佛蹚过万水千山，历尽人世的艰辛，到达了某种彼岸。却在这样的一个场合，突然忆起。他说，如果这是爱情，或许就是自己这一生唯一的爱情了。

酒店老板有些不敢相信地看着他，说："那你夫人算什么？这么多年的陪伴又算什么？"他有些不置可否，只好唯唯诺诺地说："或许不是初恋就不能算是爱情吧。"

爱情到底是什么？是一见钟情的怦然心动，还是长长久久的安然陪伴？是惊心动魄的你侬我侬，还是心如止水的平平淡淡？所有人各执一词，却终没有一个完美的答案。

我们一生会遇到很多喜欢的人，无论先来后到，都应该善待它。像爱自己一样爱对方，这样就算我们老了，也不会后悔，我们曾经爱过。

就算失去了，那也不算什么。无论是悲喜与共还是离合相斥，每一页上都写满了一生中最初最纯真也是最美好的记忆。

就像张枣写的那句诗一样：只要想起一生中后悔的事，梅花便落满了南山。而记忆从来都被我们过滤成了剪辑过的片段，这些片段里无论是景象、人物还是语言，都极尽渲染的美好，只要一想起这些美好，脑海里就都是金黄的玉米地，还有满山开遍的灼灼梨花。

恰同学少年

每次去参加同学会,总是会抱着忐忑不安的心情。说好了以平常心看待一切,到了一起还是免不了比较。混得好的自然自信爽快,出手也阔绰,混得不好的说起话来酸溜溜的,总是带着些醋意。当年长得好看的如今也老了,当年长相平平的却保养得风韵犹存。

岁月真是一把杀猪刀,剔光了脸上的胶原蛋白,还原了每个人最初的本色。唯有命运,似乎早早就注定了。在那些懵懂的时光里,仿佛就有什么在牵引着,朝既定的方向前进着。

青松是当年我们班上的班草,当然他也可以称作校草。当年我们班被称为帅哥班，远近闻名，引得那些职校的女生经常过来扒窗户。而青松自然是当仁不让的头号帅哥，浓眉大眼，轮廓立体，留着一头林志颖的发型，走到哪里回头率都很高。

青松的父母都是老师，从小他受到的教育就很好，为人也很谦和，从不与同学发生矛盾。青松写字也好看，经常在中午的时候练习书法。如今，他仍然温文尔雅，他说自己承继了父母的职业，做着一名教书育人的老师。

唐汉是我们的班长，有一次在路上碰见他，已然认不出来了。如今的他中年发福，整个人像扩大了一圈。我在超市门口遇见他，他带着一个小女孩，匆匆走过。后来说起，原来唐汉高考失利，又复习了一年，后来终于考上了自己喜欢的专业，后来又考上了公务员，如今是单位的二把手。

梅是班上最漂亮的女生，记得当初刚入校时她并不怎么漂亮，不知道为什么，可能是传说中的女大十八变吧，后来出落得亭亭玉立，娇俏可人。都说每个男人生命中都有一个叫梅的女同学。很幸运的是，我们的身边有了梅，自然也不缺少八卦，记得当时社会上流传有女生晚自习回家路上被歹徒劫持，梅还央求我们送她回家。梅说，我求你们多少遍，你们都不答应，像是巴不得我要出事似的。有男同学说，还不是你太高冷了，把自己包装成了冰雪公主，无人能靠近，还怕什么歹徒呢。如今的梅嫁作人妇，在家专心相夫教子，倒是令一众女同学很艳羡。

芸是我当年最要好的女同学，她仍然皮肤很黑，只不过当年的黑小鸭蜕变成了黑天鹅。那时候的芸相貌平平，总是和男孩子们混在一起，我就是她的死党之一，她总慨叹自己没有遗传母亲的美貌。后来，有一次去她家玩，看到她的母亲，才惊为天人，她的母亲是全职家庭主妇，但烫着微卷的头发，皮肤白皙娇嫩，十指纤纤，你都无法想象那一桌好菜会是出自这双无瑕的双手。芸中途转到别的学校，后来出国留学，回来后自己开办了一家贸易公司，经营得风生水起。芸是那种知道自己要什么的女孩，至今她独身一人，她说，碰不到最好的宁愿单着，甚至她学电影里王彩玲的腔调调侃自己：宁尝鲜桃一口，不吃烂杏一筐。

最后大家都把话题聚焦到俞身上，俞是那种品学兼优的学生，话不多，也很少参与集体的活动。但他潜心于自己的军事研究，或者说潜艇研究，俞的父亲是一名潜水兵，早早就过世了，是俞的母亲一手把他拉扯大。俞最爱游泳，他经常一个人跑到校体育馆去游泳，一次又一次地来回，旁若无人。只有学校有比赛的时候，他的游泳天赋才会突显出来。每次参加比赛，他都会穿一件海魂衫，一件很少有人会穿的海魂衫，蓝白相间的条纹，当他脱去海魂衫露出一身结实的肌肉时，女生们会失声尖叫。

当时，梅和芸都对俞有好感。有人开玩笑地问她们："如果换作现在，你们还会选择俞吗？"

梅直截了当地说："可能不会了，像我这种自带公主病的人，怕是无法接纳俞这种榆木疙瘩，我还是喜欢我现在的老公。"

只有芸沉默不语。这个时候，大家才发现俞并没有来，俞在毕业之后，就去参军了，从此与大家失去了联系。我们还是从班主任老师那里得知，俞当的是海军，去的是北方某潜艇部队。他终究还是要了却父亲的夙愿，再次踏上劈波斩浪的征程。

有人问，俞后来怎么样了？有没有人联系到他？

芸仰着头，想把眼泪倒回去，但没有成功，眼泪还是顺着脸颊铺天盖地地流下来，在这样欢闹的场合，芸一下子显得那样不合时宜。

芸说："我该走了，临走之前，我请求大家做一件事。"说着，她从包里掏出一件海魂衫，所有的同学都愣住了。这么多年，大家只要一看到海魂衫，就会想到俞，想到俞在游泳池里像鱼一样时而低潜时而飞跃。

芸说："同学们，也许你们不知道俞去了哪里，现在，我告诉大家，他一直都在，他在天上看着我们，不，他在大海里，他是鱼，他是属于大海的，永远。"

班长唐汉看着哽咽的芸，从她手上接过那件海魂衫，将它举过头顶，说："同学们，让我们默哀三分钟吧，为了我们最好最棒的同学。"

后来，我们才知道，俞是在执行一次任务时光荣牺牲的，当时牺牲的还有其他几十位将士，这次事件虽然被严密封锁，但一直对俞的去向最为关切的芸还是通过各种渠道得知了。芸赶往俞的驻地，向俞的首长请求将俞的遗物带回。芸最终看到俞的储物柜里空空如也，除了几件换洗的衣服和生活用品外，就是这件海魂衫，只是洗得有些发白了。芸将它带了回来，挂到自己的房间。她说，每次在街上看到有人穿蓝白相间的衣服，都会愣在那里很久，一直等到那个身影消失。

突然明白芸为什么至今单身，我记得芸说过，她第一次见到俞穿海魂衫的样子，"我才发现，他居然满足了我小时候对于一个男性的所有幻想，成熟、胸怀宽广，而且非常勇于接受挑战。"原来我们的择偶观早就在那一时刻定格下了，难以抹去。

时光
游走,

我从
所有地方
归来。

Chapter 3

在风中
追赶岁月

"过去藏着未来的影子,我学会了整理岁月,整理风霜,整理柴米油盐,整理瓜葛、纠缠、矛盾,如同给枪膛上油,锃亮锃亮地去面对人生。"

两个偷书的男孩

我一直对承诺持怀疑态度，无论谁的承诺，我都会不置可否，或者就当什么也没发生。生活中的承诺太多了，特别是这年头，承诺就像"你好""谢谢""再见"一样，变得廉价，变得一文不值。如果突然有人找到你，问你为什么没有遵守承诺，你大可不必上心，也不必为此懊恼，因为他可能也是这样的人。

而我对承诺的不信任，源自小时候的一件事，大凡小时候对自己伤害比较大的事情，往往一辈子都记得，忘不了，像一道烙印，永远刻在你的眉心、额头、舌尖上，无时无刻不提醒着你。

前事不忘后事之师，一朝被蛇咬十年怕井绳，所有的谚语都在告诉我们,之前的伤痕,可能需要一辈子来修复,或许永远也修复不了。

那年夏天,准确地说是暑假,每年的暑假都异常无聊,因为计划生育的原因,到我们这代人,小孩子呈几何级递减,身边的玩伴寥寥无几。所以,我们几乎不可能跟同龄人一起玩耍,要么比自己小几岁,要么大几岁,同龄的小孩要么不熟识,要么住得太远。

于是,那几个暑假,我都是跟着桂一起度过的。桂是母亲结拜姐妹的儿子,大我两岁,按理说,我得叫他哥哥,但我没有,一直叫他桂。他也并不介意,整天和我玩在一起。

那时候我还在上小学,大约四五年级的样子,他已经上初中了。那几个暑假,我一直跟着他,玩遍了那个年纪孩子能玩的所有事情。我们一起跑得远远的,去挖蚯蚓,去钓鱼,用大人给的笼子去抓黄鳝,取笑挖苦那个全身脏透了的乞丐,共同对某个女孩胀起的胸部充满幻想……

总之,跟他在一起,我都是像个跟班的样子,跟在他的后面，虽然那些事情我并不喜欢，但我没的选择。比如钓鱼，我从没有耐心坐在烈日的树荫下几个小时动也不动，一条鱼也钓不上来，也不喜欢掀开泥坯去捉那黏糊糊左摆右拧的蚯蚓，我觉得无聊透了。

直到有一次，他带着我深夜里千里迢迢去收抓黄鳝的笼子，当我们打开笼子时，发现里面躺着一条巨大无比的毒蛇，我吓得魂飞魄散逃之夭夭，他却立在原地捧腹大笑。

我发誓，再也不跟他一起玩了，跟他在一起，我只会越发没有自尊心。

但有一件事，我还是喜欢的，就是看书，可是他家没有什么书，他也不喜欢看书，甚至都不爱学习，他的母亲有一次气得用菜刀逼他学习都无功而返。所以，我跟他在一起，几乎是不做任何与学习有关的事，我们永远想着怎么"偷鸡摸狗""翻墙越篱"，周边人家院子里的枣子、桃子、梨，和遥远田野里的甘蔗和西瓜，几乎都被我们偷遍了，每次都有大难临头的感觉，但每次都幸免于难，我们总是能侥幸地逃过主人的目光或者追杀。

有一次，我们路过学校，所有的学校似乎都喜欢在暑期翻新房子，拆掉一些旧房子，再盖一些新房子，我们学校也不例外。我们路过的时候，发现学校的有些房子已经倒了，残垣断壁的惨象一点也不像上学期人头攒动的样子，那里曾经是我们学习和玩耍的地方，现在变得杂草丛生，一片荒芜。

但没关系，到了九月一日，这里自然会恢复成原来的样子，甚至比原来的样子更漂亮更新更整洁。

我们终究没有逃过好奇心，小心翼翼地拨开杂草，推开已经没有窗户的洞口，钻了进去，那是一间储藏室，也可能是一间图书室，因为里面堆满了各种各样的图书。我的眼前一亮，因为那里除了一些课外读物以外，还有好多像《大众电影》《流行音乐》之类的杂志，这些都是我最喜欢的。从小学一年级开始，我就不厌其烦地一遍又一遍在外婆家翻阅这些杂志。

我抑制不住内心的激动，蹲下身翻看起来。

桂说："这都没人要了，要么我们带一些走吧，总不能一直在这里看下去。"

我点点头，表示应允。心想这房子这么破了，这些书到暑假过后，说不定都被雨水浸烂了，太可惜了。桂从墙角找到一只编织袋，我们将自己喜欢的特别是我喜欢的书都装进了编织袋里，从窗口爬了出去。

回到家里，我把装满图书的编织袋放在写字台下，一有空就拿几本出来翻看，总觉得那些书里蕴藏着无数的宝藏，怎么也读不完看不够。甚至有一次，一个同学路过我家，我还拿出几本向他炫耀。虽然他也不是那么爱读书，但还是一下子被这么多种类的书惊到了。

开学没多久，班主任就把我叫到了办公室。说："你老实交代，图书室里的书是谁偷的？"

我一时如五雷轰顶，那个烈日炎炎的夏日，整个校园都空荡荡的，空得像无影灯下的手术室，我们被发现了吗？

班主任又说带你偷书的人自己都交代了，你就老实说你有没有偷，为什么要偷。

我沉默不语，桂已经都说出去了吗？我被出卖了吗？他为什么要这么做？又是谁出卖的他呢？当时内心还存有一丝侥幸，或许班主任只是要追查这件事情，并不一定知道就是我们拿的那些书。

班主任最后说："如果你还不老实交代，我就通知你的父母了。"

我只好吞吞吐吐地将事情原委说了出来，说自己是真的爱那些书。

班主任说："喜欢你也不能偷书啊，你是老实孩子，我知道是有人带你去的，你回去吧，好好检讨自己。"

我不知道自己是怎样离开班主任办公室的，只记得自己脸上像被用刷子刷过一样，火辣辣地疼。晚上放学我绕开了桂的教室，一个人独自回家了。一天两天过去了，我一直躲着桂，不想见他，整个人变得郁郁寡欢，茶饭不思。母亲问我怎么了我也不解释，一个出卖了我的人，我还有必要再和他做朋友吗？他不配。

一年两年过去了，我们升学离校，几乎不再见面，五年十年过去了,他当了警察,我参军入伍,却始终不再有往来。

十年二十年过去了,我们的关系似乎也没得到多少缓和,偶尔碰到也只是点点头,像一个曾经熟识的邻居或者旧友,我们谁也没解开过那个结。直到现在,我们也不知道是谁出卖了谁,是谁先向老师"老实交代",又是谁向老师告发了我们的"罪行"。

多少年以后,我还是会想到那天班主任的话:"带你偷书的人自己都交代了,你就老实说你有没有偷,为什么要偷。"

它对我的影响是毋庸置疑的,这种审问策略让我对承诺丧失了信心,我要用很长时间来修补"承诺"这件事。

少年与枪

昨夜又做梦了,梦到朦胧的清晨,一列操练的队伍,队伍里一个少年新兵笨拙的样子,每每摆臂都是顺拐,他既紧张又认真的样子,分明是我认识的一个人,那是我邻居家的儿子。

现实中,他并没有当过兵,梦就是这么荒诞,总是借着现实中存在的人,发生着不可能发生的事。

我还记得小时候,他到处奔忙,跟着父亲走街串巷,赶在周末或者城管未曾出现的地带练摊。他们卖过锅碗瓢盆、衣架针线之类的日常用品,也卖过珠串项链类的手工艺品,还做过那种用气枪打气球的营生。

他父亲是那种沉默寡言的人,总是低着头,不爱说话,脖子上有一条刀痕,像极了那种藏匿于市井隐姓埋名的侠士。我曾经溜达到他们的摊位前,免费尝试了一把。结果,那天我枪枪命中,他不停地在旁边给我递"子弹",那种像小飞镖一样的子弹,飞出去就像一支离弦的箭,随着啪啪啪的声响,气球一一破裂。

就是从那天开始,我们成了很好的朋友。

他姓钱,他也一直在为钱而努力。

练摊的时候,他很用心,也很专注。相较于他看上去憨厚老实的父亲,他有着小生意人的精明。他曾邀我去家里玩,那是一幢复式的房子,楼上住人,楼下的房间堆满了货物,这些货物就是他和父亲到处练摊用的。

他曾经拿出一把气枪,告诉我,其实那不是气枪,是真枪。

我被他的话吓了一跳。那时候刚刚结束严打,别说是真枪,就连淘气包们打鸟用的气枪也被收缴得干干净净。他们家因为是生意需要,那种打气球用的气枪并没有没收,但未承想,他竟然还藏着一把真枪。具体枪的型号尺寸，我已经有些记忆模糊了，但我有印象那是一把步枪。

钱说那是他爸爸以前跑船运时用的，他爸爸在长江里跑运输押船达二十年，经常船靠了码头，黑灯瞎火的，难免碰见打家劫舍的，拦路抢劫的，收码头钱的。他爸爸就备了这么一把真枪，那还是通过黑道的朋友从北京昌平买回来的。自从有了那杆枪，他爸爸押的船再也没被抢过。

直到有一天，他爸爸押的运输船遇上了大风浪，被迫靠在了扬子江上游一处浅滩上。那天风雨交加，本以为靠岸后可以借处人家休息，再购些吃食。没想到，大雨下了三天三夜，大风差点将船上的桅杆刮倒。

船上的食物已经吃完，不得不下船去找吃的。他爸爸从船上刚跳下来，就遇到了歹徒，一把刀明晃晃地架在了脖子上。他想回船上拿枪显然来不及了，只好举起双手，声明船上已经一无所有。歹徒不信，架着刀让他带路，他想着船上有枪，最好的打算就是拿着那把枪给这帮歹徒一个教训，最坏的打算就是跟他们同归于尽。

他爸爸引着那帮人上了船，除了几个跟船的船工，还有一个烧饭的大嫂，果然是空空如也。歹徒们去搜货物，但这次他们拉的是江里的沙子，不值钱，就算值钱那也是带不走的笨重物。歹徒有些泄气，又去搜他们的房间。

他爸爸趁歹徒不备，一声大喝，抢先向自己的房间奔去，脖子上也就留下了那么一道伤口。他爸爸奔到房间后第一件事情就是找枪，但枪呢？他以最快的速度将房间翻了一遍，包括他一直藏枪的地方。

什么也没有。

他疯了一样到处寻找那把枪，直到歹徒逼了进来。他只好束手就擒，那是他人生中最颓败的经历。歹徒们并没有杀人灭口，只是将船上稍稍值钱的东西都搜刮了去。他越想越窝囊，越想越觉得事情蹊跷，好好的一把枪怎么就不见了呢？

第二天雨过天晴，他看到江上的飞鸟从头顶掠过，好像什么也没发生过。的确，他也没有受到多大的伤害，除了脖子上的那道伤疤。但恰恰是这道伤疤，让他感觉到耻辱。他知道，这是他最后一次押船了。

晚上的时候，他坐在船舱里发呆，整整一天他都沉浸在无比的颓唐之中。直到他瞥见桌上的一把枪，那分明就是自己想驱逐歹徒时要找的那把枪，怎么又突然出现在眼前？一定是有什么人做了手脚，或者是故意在那个时候将枪拿走了。他觉得这是个阴谋。但一切都没什么意义了，找出那个人又能怎样，一切都发生过了，不可能再回到前夜。

钱说他爸爸回家后，就把那把枪藏在了密密匝匝的货物当中，再也没拿出来过。他爸爸再也没有押过船，只是拉着他出去走街串巷练摊，每次见到他爸爸，我似乎都能从其眼神中读出些什么，有些时候是左右躲闪，像担心着什么；有时候又有些像鹰隼般犀利，但瞬间便会消失。

钱还说，他爸爸对他管教很严，不许他和别人发生言语冲突，更不许打架。但钱长到十八岁以后，他爸爸基本上就管不到他了，他经常独自一个人去练摊，练完摊，他也会去夜总会逛逛。

钱是在他十八岁生日那天被警方带走的，原本那天，他爸爸为他办了成人宴，邀请了所有的亲朋好友，包括我。但那天，钱一直没有出现，我看见他爸爸坐在客厅的角落一言不发，几天没洗的头发耷拉在额前，像故意扯下的帘布，以遮掩不想示人的部分。

钱跟人打架斗殴被警方带走。被带走的第二天，就听说他爸爸将家里的货物全部拉到郊区的一处空地烧了，整整烧了七个小时，连周边的土地都被烧焦了。我知道那些货物里一定有那把枪，我也知道那次焚烧到底意味着什么。

前两年的一个冬天，我在街头碰到钱。

钱已经人到中年，脸上布满了皱纹，脖颈处有一道深褐色的疤痕，乍一看，有些像他爸爸。他低着头从一个学校的大门出来，一手牵着一个小女孩，另一只手里拎着一只长长的包，那可能是他女儿的吉他，也可能是别的什么琴。

我跟在他身后，远远地看着，我总觉得那包里是一把枪，一把可以冲锋陷阵勇猛无敌的枪，一把可以保家卫国立满功勋的枪，也可以是一把在夜雨的船上，本可以保护自己尊严的枪。

我记起钱跟我说过,他爸爸是越战老兵,所以对用枪了如指掌,曾经在南疆的战场上有凭一把枪狙杀过二十几个敌人的记录。如今,他和他爸爸一样,都归于平淡的生活,从前光辉而灿烂的日子一去不复返。

其实,我一直想告诉他,我很想摸摸那把枪,那把他们家里私藏的真枪,就是因为那把枪,我执着于穿上军装的梦想,后来真的参军入伍,摸遍了所有我想摸到的枪。

但没有一把枪像钱家里的那把,连枪柄上都写着故事,猜也猜不透,读也读不懂。

战友赵赵

赵赵是我的战友，也是我的老乡，我们是坐着同一趟军列驶往北方的。

在南京站候车的时候，我们就坐在了一起，地上堆满了背包、行李箱以及随地扔弃的食物包装袋。因为要去北方，所以大家都穿得很多很臃肿，汗液从每一个毛孔弥漫出来，到处透着一股青春荷尔蒙的味道。

也就是那会儿，我认识了赵赵，还有其他几个战友。对，从那天起，我们从各个学校出来的素不相识的同学变成了战友。

新兵集训的时候，赵赵就表现出了他的劣势，他身体常常左右摇晃，摆臂也总是慢半拍，甚至抬腿也是，加上他魁梧的身姿，在队伍里显得尤其突兀和不协调。经常，他被从队列里单独拎出来，站到排尾，或者更远的地方，不停地重复练习军姿还有各种走路的方式。

我们那时候都陷入了一种怪圈，长这么大，怎么就突然不会走路了呢？这么多年从来没有人说我们走得不对，但现在，却不得不面对现实，你所有的过去都是错误的，你需要重新来过。

这一点，我想赵赵比我们的领悟更深，我记得有一次他被罚挨着操场边沿往前踢正步，他一直踢啊踢啊，仿佛要踢到地球另一端去。

新兵下连后，我们这批南方的战士陆陆续续被分配到了各个连队的连部，也就是连长办公室这样的地方。

当时团里二十几个连队的连部几乎被我们南方兵占领了，后来我们总结得出是因为我们南方兵生得白净机灵文化程度又高，自然容易受器重。但赵赵不出预料地没有出现在这个队伍里，他被分配到了一个刚被团里合并过来的营级单位，要步行二十分钟才能到达的一个偏僻地方。

那一刻，我们都有些失落，毕竟天天在一起训练的战友们四散而去，各司其职，以后见面的机会就少了。幸好，每个连队只有连部有电话，电话是内线，只能在部队内部使用，这恰恰便宜了我们这些南方兵，我们在空闲的时候，常常互通电话，用家乡话聊天。

其实话题非常无聊和单调，无非是从前的女同学来信了，交过的女朋友跟别人走了，什么时候能探亲休假等等。但只有赵赵音讯全无，他其实离我们只有二十分钟的路程，但谁也没再提起他，好像他从未出现过一样。

直到有一次，他们营长请我去帮他们出一期黑板报，那时候黑板报是部队宣传的重要阵地，板报漂亮和板书写得好，很容易在部队混一个好差事。

就在那天，我看到了赵赵，因为和我是老乡，他负责接待我。我们一直聊一直聊，直到聊到黑板报有了雏形，最终通过领导的审核并赞不绝口时，赵赵才把我送到了营房门口，告别时我许诺会隔三岔五来看他，他像小孩子一样露出了久违的笑容。

后来，他所在的营部归并到了团里，人员和装备也悉数跟了过来。赵赵也顺理成章地来到了我们身边，这时候他竟然也当了文书，帮连长指导员做做表格写写稿子，顺带做一些日常事务。

我去看他的时候，他非常欣喜，像招待客人一样接待我，生怕怠慢了我。他进进出出地忙碌，不停地接电话被唤走，好像有做不完的事情，我只好百无聊赖地坐在那里，和他的指导员聊天，一度我都想跟指导员提议，让赵赵歇会儿，哪怕歇一小会儿。

赵赵送我走的时候，我看到他的头发几乎全白了，我说你别把自己搞得压力太大了，我们都还年轻，还有很长的路要走。

第二年，我就调离到了上级部队，临走的那天，所有的战友老乡都来为我送行，唯独赵赵没有来，我知道他一定又在忙碌，他把自己变成了一颗陀螺。之后，我们几乎没再联系，他在年底就退伍回家了，而我还在部队。

休假的时候，父亲告诉我有一个战友电话里找过我，我突然想到赵赵，一定是他，可是他为什么到现在才找我呢？

我给他回了过去，果然是赵赵，他约我去他家玩。

他家在城郊的一处坡地上，村庄很漂亮，周围有大大小小的丘陵和各种各样的树木，还有小溪流，他带着我把每个角落都串了一遍，似乎要把他二十年来的人生都走一遍给我看。

最后，他带我去他的房间，进门的刹那，我惊呆了，他的房间俨然就是一间部队的宿舍，雪白的墙壁，洁白的床单，被子叠成了豆腐块，墙上挂着军用挎包和水壶。他给我介绍的时候脸上洋溢着幸福的表情，说自己一直坚持这么做，因为太想念军旅生涯了。

只是，我心里有些疑惑，在我心里，他的军旅生涯一点也不快乐，每天都在忙忙碌碌，处处小心翼翼，生怕有一样做得不好会挨骂被体罚。也许，每个人的内心深处都有某种情结，在他身上表现得更甚一些罢了。

日子如水般流过，赵赵做过水产生意，贩卖过酒水，也开过小公司,他依然对我非常热情,每次回家探亲,他都要来接我。

他带我去看他的公司,陆陆续续搬了几个地方,但无一例外地简陋,员工也没几个,连他自己都说这里都是些皮包公司;带我去"新四方"吃饭,我们夹在喧嚣的人群里排队买饭,然后找一个人少的角落窃窃私语;带我去洗澡,虽然是那种大众浴池,不时会有穿着暴露的妇女,我不得不一次次催促他"走吧,走吧,离开这个鬼地方"。

骑着破旧的二手电动车,将我从新街口带到湖南路,一路上风驰电掣,我们大声呼喊:明天会更好的!甚至他还给我介绍过女朋友,那是一个脸上有高原红的女孩,在城北的新民路开一间两平方米的炸鸡店。那天,他在酸菜鱼里加了些锅巴,确实很香……

赵赵跟我聊他的爱情,说他一直在等一个女孩,因为互相爱慕却又不能在一起,这种痛苦难以言说。

我说你可以直接表白啊,他说怕捅破了会影响那份美好。

终于有一天,他跟我说,女孩接受他了,他真的要结婚了。

我祝福他同时也告诉他,我要离开部队了,我是带着激动和欣喜的心情跟他分享这个消息的。

他有些诧异,说你就不能不走吗?我就你一个在部队的战友了。

在他眼里,只要还有一个战友在部队,他心中的军旅情结就还有寄托。

我说你在部队待的时间太短,你不懂。

他说我就是喜欢部队,部队那么好,你为什么要走呢?

我无法解释清楚,是啊,部队那么好,我为什么要走呢?我们开始有了分歧,有了争议,突然变得形同陌路。

现在,我们生活在同一座城市,距离就像当年我们所在的团部和营部,只不过二十分钟的步行路程,但我们就像从未认识过一样,老死不相往来了。

月光下的外公

对于外公的瘸一直流传着两种说法，一种是因为工伤，这个具体情况我并不了解，在外公生前也没太多人去解释这件事情，因为在我年幼记事时，外公便瘸了，也因此而提前退休；另一种说法是从母亲那里得来的，她说有次坐外公的自行车回家，路经一处满是泥泞的碎石径，而两旁是布满巨石的悬崖，外公一路上都在提醒母亲不要乱动，以免翻车出意外。

但年少的母亲终究抵挡不住两边奇异的美景，总是左顾右盼，外公一个不慎摔下车去，重重地撞到了路边的石头上，从此落下了腿瘸的毛病。

外公去世十多年了，我几乎不曾去坟前扫墓，就这一点来说，我是不孝的。母亲跟我说过，像祭祖、扫墓、烧香这种事，一旦出了口便定要成行，无论刮风下雨，就是天上掉子弹也要去，不然会遭报应的。因着这句话，我硬生生将扫墓的念头给打消了去，一晃便是十几年。

外公托梦给我这件事，本来是打算一直隐瞒下去的。但后来，我实在忍不住了。原因是我连续两次莫名发高烧，紧接着孩子也发高烧且不退。在纷纷病倒的那一刻，我向母亲和盘托出，我说我梦见外公了。

母亲向来是相信托梦这件事的，但这次她没有问我梦的内容，也没问外公有没有说什么，只是点点头。她帮我们抱着孩子，大汗淋漓，孩子很懂事，连嘤嘤声都没有，只是睁着一双无辜的眼睛望着地上，望着地板上纵横交错的木纹。

我还记得外婆去世时，同样做了一个梦，然后我就病倒了。直到几天之后的晚上，母亲就打来电话告诉我外婆走了，第二天，我的病就奇迹般地好了。

我想，这次也是一样的。一定是外公想我了。

最后一次见外公还是他躺在医院病床上的时候，因为化疗的缘故，他本就稀疏的头发开始脱落，脸上的老年斑尤其严重起来，像一张铺陈开来的远古地图。

我打完开水便对外公说，我去帮您买几张报纸。

在我记忆中，外公经常躺在一张藤制躺椅上，慢条斯理地戴上一副缠着绳子的老花镜，然后铺开一张报纸，静静地能看上一个上午，直到茶凉了，他才欠身喊外婆过来给他斟上开水。

一旁的外婆说："不用了，他现在也看不了。"

外公笑笑，说："谁说我看不了。"

在他眼里，晚辈做什么都对。

我知趣地说："要不我给您买个收音机吧，这样就不闷了。"

外公已经笑出了声，都十几年前的事了，我还记得那笑声，是欣慰的，是本可颐养天年的笑。

那时候，大舅一家远在江西，二舅已经英年早逝，后辈里唯一能照顾外公的就是三舅和我母亲，而我也远在遥远的北方。那次也是赶上奶奶去世，才有机会去探望外公。

那几年，好多老人都离去了。他们就像秋天的柿子，熟透了，纷纷离开了光秃的枝丫。

外公一辈子出了名的谦和，有着旧时文人的脾性。无论谁提到他都会竖起大拇指，说，英俊会计这个人是好人哪。一个"好人"一定包含了太多的意义，在那个艰辛的年月，许是太多人得了他的帮助，或者知晓他的人品。他们和她们，好像无数的人都认识外公，夸赞外公，甚至连带我们都像脸上抹了光，出得门也底气足了。

就算后来他瘫了，提前退休了，可以说人走茶凉了，也没少受人尊重。在可记事的年月里，我所受的那些礼遇多半来自旁人对外公的敬重，进而影响到生活的方方面面。

外公一生精打细算，说话也是七弯八折，稍有不合理的语言是万万不会出口的。所谓三思而后行，对凡尘琐事也是三缄其口。但在外婆眼里却成了三棍子打不出个闷屁，所以外婆一辈子都在唠叨，说得唾沫横飞也无济于事，也换不回哪怕一句叹息。

最让外婆不能容忍的还是外公的"正直",在她眼里就是迂腐和无用。她一直都在埋怨外公在生前没有给几个儿子谋一份像样的工作,导致大舅远走他乡,二舅因为情感和事业不顺而自杀,只有三舅稍好一些,接替他提前退休的工作,可也在九十年代后下岗了。

原本看上去异常和睦团结的大家族,因为外公的"不作为"而变得分崩离析。但外公并不承认是自己的过失,他一直认为年轻人一定要靠自己,而不是依仗前人的庇荫苟活一世。

外公是在二舅自杀后才一蹶不振的,他似乎意识到自己的思维在当下的格格不入,这个物欲横流的社会再也不似从前那般美好了。他一下子老了许多,抽烟的频率也提高了。为了不影响家人,他经常需要拄着拐杖,跑到窗外咳嗽,那里挂着一把年轻时常吹的唢呐。

我记得有一次他取下来,跟我说:"你想不想学?"

我摇了摇头,外公并没有恼怒,而是笑着说:"现在的孩子，对这些都不感兴趣了，真的不一样了。"

在我记忆中，外公退休后，一直在搬家，直到去世后，外婆才在他们初恋的那个小镇安顿下来，那是他们下乡时相遇相知相爱的地方。

每次搬家，父亲都会直摇头，说这一次不知道能不能安顿下来。但往往都是事与愿违，很快，他们又迁往了另一处住所。在所有的住所里，最不能忘的是一处公路边的石砌的房子，据说是在外公祖屋地基上翻盖的。房子三面是稻田，只有正南方是一条长长的窄窄的水渠，水渠上有一块石板，每次进出都要踏着这块石板。过了石板就是公路了，那时候公路还没有铺沥青，完全就是一条河堤的感觉。

在我看来，那住所就是一处世外桃源，偏偏外公又在门前开了一片小店，卖一些烟酒日杂，就避免了真的与世隔绝，过路人多多少少会踏着那块石板，过了水渠来，买一两件东西，与外公聊聊家常。那时候三个舅舅都还年轻，只有母亲一个人出嫁，逢着时令节日我们都会过来探亲。

那也许是外公最恬静的一段岁月，他有时坐在呈凹字形房屋的凹槽处，那里避风，又迎着正南方的公路，有客人来，他总是能第一眼瞧见。但大多数时候，他手里握着报纸，摇着蒲扇，坐在堂屋的正中央。

两侧的屋子里分别住着几个舅舅，他们有的去求学了，有的赋闲在家把玩着铜钱古玩。偶有鸟雀来栖，在渠中的芦苇上暂歇，又飞将过来，栖于屋檐下，筑那永远也筑不完的鸟窝。

我永远都记得，在那个十里长堤上，外公像丰子恺画笔下的老人，迎着月光走路的样子。他一瘸一瘸地朝前走着，步速很慢。在他的身后，不足三米处，是个小小的身影，也跟着他一瘸一瘸地赶路。直到更后面的一声怒斥，那个幼小的身影才停下来，望着渐渐远去的背影，融入月光的碎影里。

听我说完梦见外公的事，母亲一直没有说话，只是点点头，嗯了一声，像是在应承什么。母亲很少会向我提出什么要求，她一定在等我说出什么，然后便欣然应允着随之前往。

日怕过晌午年怕过中秋，一年过得尤其快，很多时候我们说触景生情，原本就是因为那里有你思念的人。我不是悲秋的人，但在这月将圆的夜色里，我竟无端忧伤起来，或许有些路总是要赶的，而有些人也总要去看看。

你好，大舅

大舅已经第三次打电话给我妈，索要我的微信号了。

那天他在南京拍了无数张照片，几乎每走出十米开外就要拍照，他生怕错过每一个可以摄录下来的景色，犹如生怕错过每一个和家乡重逢的片刻。

我终究没拗过他的坚持，加了他，收到了一张张并不清晰的照片，有的人影扭曲了，有的景色是模糊的，有的整张照片就是一圈一圈的光晕。

我跟他道谢，并承诺会带回家给我妈看。

在这些照片中，仅有一张清晰的是他与现任妻子的合影，他们站在南京著名的夫子庙文德桥上，双臂相拥，很甜蜜的样子，背景是灯火通明的街市和秦淮河对岸的双龙戏珠灯壁。

这张唯一清晰的照片是我给他们拍的,他最后才发过来。正是这张照片,让我觉得大舅或许是真的找到幸福了。

大舅是我妈同父异母的弟弟,十几岁就与我妈分开了,所以亲情甚浅,唯一的联系就是逢年过节的一通电话。

我对大舅的印象异常模糊,依靠我妈的描述才能得知一二。甚至我都无法将他和我妈还有挺拔英俊的外公联系到一起。大舅身高才一米五,也许还不到。如今发福了,更无法想象他现在的样子。

那天,我去地铁站接他,他在地铁站门前徘徊,来回地踱着方步,间或还搓着手,远远地看去,他就像一只醒目的陀螺。

看得出来,他很紧张。毕竟我们三十年没有见面了。上次,他见我,我还刚上幼儿园,而他自己也不过是个刚二十出头的小伙子。

我接过他手上的两个提包,他又拉了回去,说自己拎得动。我又将那两个旧得像上世纪八十年代乡镇干部出门时才用的提包夺了过来，转身就走在了前面。

　　大舅一路小跑紧跟着一路跟我寒暄，说："本来不想来的，太打扰了。"

　　我说："大舅，你见外了，这里是你姐姐家也是外甥家啊。"大舅又说："这么多年没见了，你也长高长胖了，小时候多瘦啊。"

　　我说："是啊是啊。"

　　我们的聊天多少有些生分，但好歹路不远，转眼就到家了。

　　我妈开门迎接，我看见后面气喘吁吁的大舅，还有远远才跟上来的他的新任妻子。

　　大舅说："你走路怎么这么快啊，是当兵时练出来的吧。"

　　我说："是啊是啊，都习惯了。"

　　我妈泡茶的当口，我从家里找出一只空的拉杆箱，递到大舅手上，说："你们把包里的东西都收拾一下放到箱子里吧，这样路上也能轻松点。"

舅舅和他的新妻子再三推辞,说:"这怎么好意思呢,过来你家已经给你们添麻烦了,怎么还好意思再要箱子呢。"

最后还是大舅边收拾东西往箱子里放,边说:"我来之前就说要买一个拉杆箱的,你舅妈不让,她舍不得,你舅妈可是个会过日子的人呢。"

我这才打量起这个从未谋面的大舅妈,在我记忆中,大舅妈还是原来的那个大舅妈,前些年因病去世了。据说大舅妈从患病到去世,大舅的日子过得很惨,因为长期支付高昂的医药费,一度连回南京老家的路费都没有。所以,这么多年他也没再回来过。

现在的大舅妈是大舅新认识的,听他们说只隔着两条街,是因为在一起上班日久生情才走到一起的。大舅说:"她是'70后',读过一些书的,很通情达理。"我妈便在一旁不停地附和:"挺好的,挺好的,现在日子总算好过了。"

大舅又说:"好是好,就是头脑还是有点问题,不发作的时候真的挺好的,对我也很关心……"

他没有继续说下半句,我和我妈心里都咯噔了一下,毕竟前面的大舅妈也是因为脑子上的毛病,久治不愈才去世的。现在,大舅怎么又给自己找了个有着同样病情的老婆呢?

大舅妈脸上一直堆着笑,问她能不能听懂我们说话,她说能听懂一些。然后,她便对大舅耳语了一阵,我们都以为她提出要去赶火车了。结果,我隐约听出中山陵之类的话,便问是不是要去中山陵玩。

那天天气异常地冷,风也大,我妈本来是打算在家里招待他们,想着火车站也不算远,吃完晚饭送他们上火车,时间上刚刚好。

我看到大舅脸上现出一丝愁容,便对大舅说:"是舅妈想去景区玩吗?要不,我们去夫子庙吧,中山陵这会儿很冷,一会儿天黑了就更冷了,晚回来火车就比较赶了。"

然后,大舅像得了喜讯般对舅妈说:"外甥说要带我们去夫子庙，南京最有名的景点之一。这些天光顾着走亲访友，都没怎么逛呢。"大舅妈有些兴奋的样子，已经站起身来要往外走。

到了瞻园路牌坊前，大舅就开始掏出手机拍照，一会儿拍风景，一会儿拍路人，一会儿又拉着大舅妈要给她留影。他们就在人群中不停地举着手机，一度还跑上了快车道。

我妈看着他们忙碌的样子，直摇头，说："你大舅啊从小就爱拍照，他年轻时候穿西装打领带戴咖啡色墨镜的照片我还保存着呢，那时候小伙子不要太洋气哦。"

趁他们忙着拍照的当儿，我妈开始了电影回放般的絮叨，说："你大舅可怜呢，十几岁离家上学，然后二十多岁了还没找到像样的工作，后来听在江西工作的亲戚说国家在开发革命老区，到那边发展或许有前途。"

于是，大舅便背起行囊孤身一人去了江西。

我妈说："你大舅去的并不是南昌，而是九江下面一个县，要从南京中山码头坐轮船到九江，然后再坐长途汽车到县城，前前后后要折腾好几番才能到。"

我妈在大舅结婚时去过一次，说："那哪是什么县城哦，还不如我们这里的乡镇呢，街道破破烂烂，也没一条像样的路，都是石子铺的，坐个车能颠得人五脏六腑都移位了。"

"大舅家也是穷得叮当响，烧饭用的柴火都没有，还是我偷偷跑到对面人家偷了些过来，才算是烧了一顿团圆饭吃。"

我妈说起这些来，就没完没了了，满脸的同情和怜悯。

这些年，大舅偶有电话来，特别是春节，他必然是要打电话一一问候的，他从未在电话里诉过苦，总是说在那边挺好的，哪怕是大舅妈生病了，需要长期住院治疗，他也没向老家的亲人要过一分钱。有几次，南京的亲人都纷纷劝他，说要是日子不好过了，就回来吧，这边总比那边好。

大舅从未说过对自己的选择有所后悔的话，他总是劝慰家乡的人，说那边其实挺好的，小城，安静，消费不高，压力也不大。后来，大舅妈去世，儿子也渐渐大了有了工作，日子一点点好过了，紧接着又买了新房。大舅将自己新房的每一个角落都拍了照片传过来，给我妈看，说："你看这厨房，这灯，是不是挺好的，都是我自己设计的呢。"

我们边走边聊，他们边走边拍，一会儿就到了文德桥上。我说："我给你们拍张合影吧。"我招呼着他们靠得近些再近些，他们相拥着，这时候路灯都纷纷亮了，照在他们的脸上显得很和煦，我拍完给他们看，他们笑得合不拢嘴，说还是我外甥拍得好。

过了文德桥，我对他们说："这里除了秦淮河，秦淮八艳的传说，还有乌衣巷呢。"于是，我便背诵了那首著名的"旧时王谢堂前燕，飞入寻常百姓家。"说这首诗指的就是这里，大舅妈说："都不记得了，不记得学过这么一首诗了。"然而她还是很认真地去到巷前的石碑前，看上面刻的字，大舅从背后看着她，一脸的爱意，手上的手机又举了起来。

夜幕降临，我带着他们去附近的大排档吃饭，大舅说："怎么好意思让你们破费呢，看这排场，一定很贵吧。"

我笑笑说："你们难得回来，这里是南京地道的小吃店呢，不贵但有特色。"

那天，大舅和大舅妈非常开心，一边听着南京白局，一边吃着秦淮小吃。大舅一个劲地感谢，说："这么多年，家乡变化太大了，要不是你们带着，怕是好多地方都不认得了。今天本来是直接去火车站的，看着时间还早，便过来看看你们，也没带什么东西。"

我妈只是笑，是那种客套的寻常的但又有些不可名状的笑，他们姐弟之间的亲情早就因为千山万水的阻隔变得有些生疏。

大舅初离家时不过是个体态轻盈的少年，如今早已过了天命之年，身形也日益臃肿起来。在他的记忆里，母亲还是个年轻的妇人，带着年幼无知牙牙学语的我，如今我人到中年，母亲也是年近花甲，抱起了孙子。

舅舅在微信上发完照片，说："这会儿你在上班吧？"

我说："是的。"

他说："打扰了。"

我不知道如何回答他，该怎样跟他寒暄，听他倾诉。他的出现，是那样唐突，那样生硬，那样不知所措，那样客气，那样生分，那样保持着恰到好处的距离。

风中的琴声

在既往的印象中，草原是葱翠的，无垠的，是骏马飞驰，是牛羊满地，是有序的蒙古包，是洁白的哈达，是端木蕻良笔下"万里的广漠，无比的荒凉，那红胡子粗犷的大脸，哥萨克式的顽健的雇农，蒙古狗的深夜吠号，胡三仙姑的荒诞传说……"

那年深秋，这一切的印象都被颠覆。队伍从城市出发，穿过一个个小城镇，沿着一条公路向前，一直行进到草原边缘，战友们兴奋不已，哪怕是被塞进了又闷又冷的解放牌大卡车车厢里，厚重的帘子将车厢遮挡得暗无天日。大家时不时掀开帘子看向外面，除了蜿蜒的长路，还有在长路上排成长队的军用卡车，十分地壮观。

夕阳的余晖在草原上形成的光晕,将露出头的士兵脸照得透红,仿佛是已经在草原上生活了许久。风不经意间灌进来,又缩回了头。再掀起帘子时,夜幕行将降临,能隐约看见草原上的村庄,泥坯的墙,稻草的屋顶,同样泥坯糊成的篱笆。屋顶上是一根根并不齐整甚至有些东倒西歪的天线。这大概是可供草原牧民们消遣的唯一工具了吧,是他们了解草原之外世界的雷达。

部队最后驻扎在了一个小山坳里,准确地说,那并不是一个山坳,充其量只不过是一个土堆,要想抵达高原上真正的山峦,还需要一段距离,那是部队演习的真正目的地,那里要经过一条河,一条银色的河,叫归流河。听从前到过此地的老兵们说,无论是春夏还是秋冬,那条河一直都是银色的,像一条银色的丝带镶在这一望无际的草原上。

靶场就在归流河附近的茫茫草原上,据说那里原来是军马场,一年又一年,骑兵们从这里将一匹匹的战友牵走,直到骑兵部队解散,直到军马场消失。

晚饭依然是大锅饭大锅菜,白菜粉丝冻豆腐,大家伙吸溜吸溜的声音此起彼伏，只有这个时候，再难吃的饭菜都是香的。和着野外的风，还有草原上渐渐明亮的星星，或许还会有即将升起的月亮。一切都那样安谧，美好。

命令是饭后下达的。范培西刚刚和军械员将枪支擦拭干净，虽然这种实弹演习并不一定用得上枪支，但他们已经养成了习惯，一定要将它们擦得锃亮，能照见自己的面孔。那种金属的光泽在荧荧灯火下，有点冰冷，但并不怆然。想来，也是习惯了，这种冰冷的反射的光芒，反倒生出一丝安全感来。

范培西接到了去守村的命令。"守村"这个词，在军用词汇里显然是不存在的。但范培西知道这个词意味着什么。意味着他将不能和战友们一起奔赴战场，这是一场他许久以来期盼的演习，是一场和邻国的联合实弹演习，是他梦寐以求的军旅生涯必须经历的事情。他想象过，这是他人生征程中必须经历的一关，那是青春的烙印，是男人的勋章。

然而，这一刻，因为一道命令，他的心情跌至冰点。

他握紧了手中的步枪，任由老兵们在他旁边像和事佬般劝慰,耳旁是呼呼的风,那些劝慰也像风一样疾驰而过,不作片刻停留。他也知道军令如山,更知道此行的目的,可能比真正到战场上推进一枚炮弹更为重要。但是他的心里,仍然过不了那道坎。

范培西抵达归流河边的时候,星星愈发明亮了,他甚至能在倒映河中的光斑里,依稀辨出北斗七星的位置。归流河在这里拐了一个弯,像一把弓箭,天上的北斗像另一把弓箭。范培西一时有些恍惚,分不清天上的北斗和地上的河流是什么关系。

范培西是生活在城市里的孩子,但眼前这般光景是头一次遇见。他不禁有些赞叹大自然无穷的魅力,与其带着遗憾上路,不如欣赏此刻的风景,此刻,来时的忧心忡忡已经化为"人依远戍须看火,马踏深山不见踪""大漠风尘日色昏,红旗半卷出辕门"的豪迈之气。

对面的村庄不大,大约几十户人家的样子,和来时路上的房屋并无两样,河面不宽结了冰,村庄的灯火三两点,映照在冰面上,和星光呼应,这又是另一般风景。

那几个黑影如约而至。

听从前守村的老兵们说，这个村庄因为邻近靶场，常常有邻近的村民不顾生命危险，趁演习期间翻越禁区到炮火连天的靶场争相捡拾炮弹壳，"守村"的任务也是因此而来。

黑影越来越靠近，范培西能清晰地分辨他们在冰面上的滑动。显然，他们并不畏惧冰面的湿滑，他们是生于斯长于斯的，早已习惯了这里的生活。冰面的行动犹如平地般，他们滑行的速度越来越快，范培西感觉到自己的呼吸急促起来。

这是他第一次肩负这种奇特的任务。

眼见着他们就要上岸了，范培西发出一声呼喝，声音多少带着威胁和恐吓。那几人并没有停下脚步的意思，照样向前滑行，并慢慢向他靠近。范培西明白，他所在的这个位置，是最有利于对岸的人们过来的，在没有入冬之前，这里一定是有一条相对成形的坡道，牧民们从彼岸划了船过来时，可能就是从这里上岸的。

就在那几个黑影离他只有十几米远时，范培西发出一声怒喝，给我站住！那几个身影顿了一下，然后其中的高个子嘿嘿发出了几声讪笑，矮个子更是加快了步速。

范培西将枪举了起来，说你们给我站住！高个子终于说话了，别吓唬我们，你枪里没有子弹。范培西被他说得有些心虚，的确，为了防止一些可能发生的事情，他的枪里并没有配备子弹，现在这支枪，仅仅是带有震慑作用，并没有任何作为武器的功能。

当那几个黑影形同脱兔般出现在范培西面前时，范培西还是有些猝不及防，他们也并没有要伤害范培西的意思，只是拂了拂手，甚至有些作揖的意思，说，兄弟，行行好，让个道吧。

范培西说，你们不能过去，太危险了。我这是执行任务，也是为你们安全着想。

矮个子说，你们年年来这里守着，不也一直有人去捡吗？说着，递过来一样东西，大约是烟。范培西摆了摆手，身子却靠向前去，横在了他们面前。

气氛一下子紧张了起来。像对峙的几头雄狮，互不相让地誓要进行一场搏斗。

对面的火把亮起来的时候，天上的月亮也升了起来。

远处的天空，就在此时亮起了信号弹，信号弹飞上天空，像一颗流星，只是这流星是从下而上的，它越升越高，在空中划了一道明亮的线。

范培西知道演习就要开始了，那是他梦寐以求的星辰大海，是他生命里的光荣与梦想，就将在离他不过十公里的地方，点燃硝烟。然而，他却在这安静的河岸和几个村民作无谓的胶着。

弹道开始飞舞起来，像一只只荧光四射的飞虫，只是那光更加强烈，已经将半边天空照亮了，几乎能看见远处的山峦。那山峦隐隐约约的，高低起伏，像藏着万年的秘密。高个子情不自禁地说，过了那山，就是蒙古高原了，那是我们祖先的地盘。我们的祖先就是从那群山里走出来，来到归流河的。

矮个子说，你怎么还有心思看这个，快走吧，演习一结束，就没我们的份儿了。

范培西大喝一声，不能走！别把生命当儿戏，你们也有家人，既然你们的祖先从遥远的高原，跋涉来此，一定是希望子孙后代幸福安康，而你们却要在此时铤而走险。

对面的火把越聚越多，摇摇曳曳，和远处的弹道，交相辉映。范培西听到对面有老人的呼喊声，赛图尔，快回来，你们不要命了吗？赛图尔，你们这是忘了过去的教训了吗？赛图尔，你家里还有孩子，你不替他们想想吗？

这时候，有琴声响起来了，范培西听到那琴声有些陌生，但十分悦耳。那是马头琴的声音，像是呜咽，又像是哀号，声声击到人的心里。

那几个黑影顿住了脚步。矮个子说，又是他。高个子说，赛夏，他总是在这个时候出现。范培西说，赛夏是谁？矮个子说，是我们村里的一个少年，他的父亲是我们村的马头琴演奏高手，他将技艺传给了赛夏。有一年，赛夏的父亲带着赛夏去捡拾炮弹壳，赛夏的耳朵因此震伤了，现在听力有些障碍。

所以，赛夏就用琴声阻止你们再去捡炮弹壳？

是啊，这孩子真是，唉。高个子说，我们只是想捡些炮弹壳回来改善生活，冬天来了，女人们需要新衣裳，孩子们需要取暖。

琴声借着风悠扬地飘过来。那几人缓缓撤了脚步，开始走向冰面。他们一边滑行着,一边手舞足蹈起来,和着马头琴的琴声,那舞蹈十分地洒脱,像雄鹰展翅翱翔,又像是挣脱了某种羁绊,获得了新生。

瓷娃娃

少年时的伙伴，能记得的不多，毕竟时过境迁，大多走散了。和平年代的走散相较战乱时期，有过之无不及。好端端的，无来由的，无论关系好的还是坏的，最终都好似要老死不相往来，有时候路上碰见了，还要假装不认识，擦肩而过。人心之脆弱，可见一斑。

咏亮算是一个特别的存在吧。父亲总和我提起他，说我北上从军的日子里，他来找过我几次，每每留了电话托付，说一定要交到我手里，回来后要找他叙旧。郑重其事的样子，到了父亲这里总是变得轻描淡写，继而我也并没有拿到那张留着电话的薄纸。父亲说找不到了。语气极其轻简，像与其无关。如同离家时整理好的书信，齐整整码了放在原处的，等我回来，总是遍寻不着。得到的答案是束之高阁了，高阁在哪里呢，高阁上明明空无一物。母亲的数落才将谜底揭晓，大约是当作旧报纸被贱卖了，连同我童年的记忆少年的心事都被当成废弃物贱卖了。

咏亮是我初中的同学，和我们同班同学的还有他的堂哥，那会儿我和他堂哥关系似乎更密切，打球、爬山、打游戏，这些对于咏亮这样的好学生来说，是不屑于参与的。我们那时候都这么想，所以从来没有人会喊他。直到班主任找我谈话。

那年，班主任不知道从哪里得来的灵感，或许是有家长和同学反映老坐在一个位置，眼睛会斜视。第二个学期开始，班主任就要求我们每一个月换一次位置。说是换，其实是移，就像涨潮时的海浪一样，一波接一波的，整体往左移一个位置，最左的再往最右移，循环往复。

我是那种有天生选择恐惧的人。每次换位置我都要打一场心理战，又要和某某坐一块儿了，他可不是好惹的；幸好是和某某坐一块儿，人美心善学习还好；怎么又是和某某坐一块儿，他的口臭让我整堂课都无法集中精力。

咏亮和上述几个某某都不一样,他是个例外,这个例外显然不仅仅是学习这方面。在我和他坐到一起的那个中午,班主任就把我叫去谈话了,我不知道其他同学和他坐一起时,班主任有没有找他们谈话。一路上我都很忐忑,难道和咏亮坐一起,还要被叫去训话?这是什么道理?一般来说,被班主任单独叫到办公室都不会是什么好事,好事都会在班级里公开宣布,比如咏亮上个学期的作文得了满分,班主任就当着全班的面高声朗读,并强调大家要将这篇作文当成范文,好好向他学习。

所以,当我进入班主任办公室的时候,我已经做好了充足的思想准备。班主任还没说话,我就先开口了,老师,我知道我的作文没有咏亮好,我会向他学习的。班主任说,嘿,看不出来你还有抢答的时候,上次知识竞赛要不是你低着头不说话,从头到尾没有回答一道题,我们班也不至于拿第三名啊。

原来是秋后算账,我只好点头如捣蒜,老师,我是太紧张了,其实……

班主任笑了,说,你要克服自己的心理障碍,就像你打球一样，稳准狠，百发百中，我知道你其实都会，就是金口难开。这次叫你来，不是跟你说这些，是因为咏亮。

咏亮？当然是因为咏亮，他学习好，作文好，但那是他的优点，却不是我的缺点啊。

班主任说，你没发现这个学期咏亮有些不对劲吗？我摇摇头。班主任说，咏亮的腿出了点问题，他在春节期间练习骑自行车摔了一跤，骨折了，虽然现在恢复得还不错，但有了后遗症。其实也不算后遗症，确切地说是查出了一种病，一种将会长期伴随他的病。

我心想不会是传染病吧，那个年纪还不懂传染病的种类，想象着咏亮的病一定很可怕。

班主任说，他小时候就骨折过几次，家长一点也没在意，这次查出来了，是脆骨病，也叫瓷娃娃病。

瓷娃娃？

对，瓷娃娃，你不要以为是我桌上的摆件。他指了指桌上一个瓷质的储钱罐，是一个招财童子乐和的模样。瓷娃娃是一种病，是骨膜发育不良造成的。所以你们成了同桌，要千万小心，别打打闹闹伤到他。

我突然想起，咏亮开学的时候是拄着拐杖来的，不过很快他就脱离了拐杖，一瘸一拐地跟大家玩了。我们都以为他只是摔了一跤，并无大碍，没想到这么严重。

回到座位上，我看到咏亮的脸色有些异样。他把书盖到脸上，说，你一中午都去哪儿了？我说班主任找我谈话。他说，班主任找你谈啥了？我说没啥，就是问我最近的学习。他说，你学习不好，不是因为你学不好，是因为你可以学好但你却没有学好。

我说你说得太绕了，我就是学得不好，班主任让我向你学习。咏亮一声冷笑，向我学习？好，从今天开始你得听我的。

我嘴上说着行，内心里满是排斥，要不是班主任找我谈话，让我多照顾你，我凭什么听你的。你现在就是一个一碰就碎的瓷娃娃，要是一不小心惹恼你，摔坏了我就有推卸不掉的责任。

从那天开始，咏亮像抓住了我的七寸，每天要求我和他一起回家，一起上学，一起去食堂打饭，甚至一起去上厕所。我原本参与的体育活动都不得不因为他而暂时放弃。体育老师三番五次地过来找我，说你篮球赛还要继续参加，乒乓球也是，跳远动作非常到位，只要稍加练习力量你就可以拿学校的冠军了。我说，我要看书。咏亮就在一旁讪笑，说你真的喜欢看书？你要真的喜欢我就送你几本吧。

周末的时候，咏亮约我去新华书店，说那里书的种类多，还有《读者》杂志。我听到《读者》杂志，眼前一亮。听咏亮说过，他作文好就是因为经常看《读者》杂志，他父亲是一家文化企业的领导，给他订阅了这本杂志，我在送他回家的时候，在他家里看到过，书架上摆满了书，其中就有《读者》杂志。

去新华书店的路上，我有意走得很慢，咏亮说，快点走吧，还能赶上麦当劳汉堡买一送一的优惠。我说，不急，你看这条老街很有意思，理发店的椅子像是老古董，镜子边都模糊了，像恐怖片里的分身镜。咏亮说你别瞎想。我说真的，你看那家豆腐店也是，豆腐在外面冒着热气呢，却没有人在门口招呼，不怕被人偷吗？咏亮说，人家在里头忙着呢，有客人来吆喝一声他们就出来了。我说，你看，那个澡堂子，那个红灯笼都旧成那样了，也不换一换，通道也黑乎乎的，晚上路过时，特别地瘆人。

咏亮说，你是不是恐怖片看多了，别七想八想的，快到新华书店了。

那天，我买了几本海明威的小说，咏亮送了我几本最新的《读者》杂志，我们就坐在隔壁的麦当劳，边啃着汉堡边看书。谁也没说话，像是冰释前嫌、言归于好，又像从来都是形影不离、肝胆相照。

一个月很快就过去了，我换到了最左边的位置，咏亮还在中间，我们隔了一条过道，像隔了一条银河。我们的交流戛然而止，我顺其自然地回到了体育赛场，课间和同学们在走廊里嬉笑打闹，放学了会约同学一起打一场篮球再回家。

少年的心事，谁也说不清楚。多年后，我从部队探亲回家。咏亮闻讯赶来，他似乎更瘸了，走路要不停地弯腰。听说他后来又摔了几次，最严重的一次在医院里住了几个月，出院后一度需要用轮椅才能出门。

咏亮说，我的老同学，好久不见了。我说是啊，初中毕业后，我们进了不同的高中，后来就没再见过面了。

咏亮说，咱们去一趟新华书店吧。我说好啊，离开学校后，我还没再去过那家新华书店呢。

我们一路走着，又到了那条老街。咏亮说，你还记得我们有次去书店路过这里，你说的话吗？我摇摇头又点点头，算是否认，也算是默认。

他说，你看那家理发店，理发师去世了，他的儿子并没有继承他的手艺，所以只能关闭了，那家豆腐店呢倒是兴旺了，据说每天要用掉六百多斤豆子呢，只是不符合卫生要求，可能要面临闭店的风险。澡堂子早已经没有了，旁边几条街上都是大型洗浴中心，谁还去黑乎乎又脏兮兮的老澡堂子呢。还有游戏厅和台球厅都消失了，没人再玩这些啦。

我有点遗憾地看着几堵墙上画的圆圈，圆圈里是一个"拆"字，问咏亮，这些以后都得拆掉吧。咏亮说，是啊，这里规划了一幢大楼，楼下几层是商厦，吃喝玩乐啥都有。你怎么还伤感起来了呢？你当初可是把这里描述成恐怖电影里的样子。

我说，那时候小，总觉得干净明亮的书店和麦当劳才是好去处，现在想想，这条老街才是承载我们记忆的好地方。记忆没了，什么都没了。

到了书店，咏亮招呼我在一个窗前坐下，那里俨然成了一家小型咖啡馆，而真正的书店要到二楼。咏亮说，这里也改造了，不过一楼还卖唱片，我记得你最爱听张信哲的歌，回家的路上你都唱给我听，"你的宽容，还有我温柔的包容，没有泪的夜晚是天堂……"

你都记得这么清楚吗？我问他。

当然，虽然我们只同桌了一个月，但只有那一个月里，我最踏实，最有安全感。自从知道自己得了脆骨病，我就感到绝望。原谅我那时年少无知，言语霸凌……

阳光里，他说得有些动情。而我的思绪却飘到了那个中午，班主任把我叫到办公室，给我下了"紧箍咒"。

火车驰向远方

在青春期很长的一段时间里,我似乎都是一个人度过的,准确地说,是与电影度过的。因为在那一个个看似漫长又难熬的暑假,我待在只有奶奶叫我吃饭才会离开的房间里,一部接着一部地看着一些我并不能完全看懂的电影。

比如梅丽尔·斯特里普早期的代表作《坠入情网》,尼古拉斯·凯奇的古早作品《鸟人》,早早地让我知道,在遥远的大洋对面的那个国度,并不是我们的教科书上所说的那样,充满了罪恶、色情、乱伦以及极端的种族歧视。相反,我更多地看到了爱情这种东西,在那片陌生的国土上演绎得如此珍贵。

当然，我看得最多的电影还是二战电影，从小就看惯了人物形象"高大全"的战争电影，对于西方影人眼里的二战电影便有种无法理解的神秘与好奇。

当我一部部看下来，竟然被吸引住了。电影里除了战争对于人类的残酷和对人性的剥裂，还有很多唯美的爱情和画面。当火车载着心爱的军官轰隆隆远去，佳人站在月台张望，伸出去的手迟迟不肯放下。那种情感放到现在，怕是极难寻觅了。

当多少年后，姜文频频用火车表达他的电影美学，他让主人公一次又一次将情节发展到火车上，仿佛火车上承载了一切浪漫和罪恶的元素，是那样杂糅又相得益彰。

也是从那时候起，便对火车有了某种向往。

因为生活在离火车有些距离的地方，连听到一声汽笛的鸣叫都很奢侈。我的姨父，那个曾经在北京当铁道兵的退役军人，他不止一次向我描述当年坐火车的情形。他说，他需要从城南坐公交到城北，再到下关码头，过了江，到浦口，排在拥挤的人群里买到一张去往北方的票后，再挤在人群里上了火车。

火车上充满了各种刺鼻而又熟悉的气味，有方便面的味道，有香辣鸭脖的味道，有香干瓜子的味道，有臭脚丫的味道，更有两头厕所飘出来的粪便的味道。他描述这些的时候，是有画面感的，仿佛他又回到了当年意气风发的年代，他穿着一身绿军装，脖前的红领章鲜艳如血，他背着背包，穿过人群，来到属于他的座位上。那里已经挤满了人，甚至连座位下面都躺满了人。整个车厢像一只罐头，所有的人都像罐头里的食物，发酵，并散发出浓烈的气味。

那些疲劳过度的面孔，透着善良也透着耍小聪明后的"奸猾"，他们会为自己找到了一个栖身之地而沾沾自喜。姨父每次讲完这些，都表示出一种无奈和遗憾，他当初因为姨妈坚持让他转业，而不得不回到了南方。

所以，当得知我要参军的消息，他便一次次地向我传授起他当年的旅途经验。

我穿上绿军装的那天，也是我终于第一次踏上火车的那一天。当那列火车无止境地向北驶去，才明白，当你终于拥有你一直以来向往的东西时，竟然是用离别作为代价的。

火车穿过了苏北平原、华北平原，过了山海关，再越过辽宁、吉林，直到眼前出现一片皑皑白雪覆盖的世界，火车仍然没有停下来。

是的，那场必须走完的旅程，让我从刚上车的欣喜，到茫然，直到开始恐慌。我从不否认，我天生对文艺的向往，而火车又是那个可以承载得恰到好处的工具。

但是，当火车好像永远没有尽头地向前驶去，我才惊恐地发觉：穿过千山万水的，是你的身体，而你的心还在原地，在那个当初启程的地方。

我用将近一年的时间来学会成长，学会忘记，学会独自坚强，却仍然不能适应远方的生活。虽然，在无数个寂静的夜晚，当熄灯号过后，躺在床上，听着远处列车的轰鸣，那一声长长的汽笛声，像可以撕裂黑夜的魔爪。

我不止一次请假外出去火车站，不为别的，只为在外面看看，看哪一辆列车，是从南方而来，好像车门一开，就能嗅到家乡的气息。

后来,我终于迎来人生的第一次休假,我满心欢喜地踏上了回家的旅程,在长达近四十个小时的路途里,我竟然无法合眼,我趴在窗口,盯着外面的景色,生怕一闭眼就会错过什么。

火车穿过丛林、田野、城市、群山、隧道,直到车窗外面的空气开始湿润起来,我知道,我又回来了,那些熟悉的景物,那些我曾经唾弃想要离开的人和事,都一下子变得亲切起来。

从此,休假变成一件有仪式感的事。从申请休假那一刻开始,我们都会着手做很多事情,比如去街上理发,去买当地的特产,老乡们也会约到了一处交代一些事情,好回到家里转告各自的父母。

我清晰地记得,第一次回到家的样子,好多战友的母亲赶过来,泪眼婆娑地向我询问自己孩子的近况,有没有瘦,有没有吃不了苦,有没有被打骂惩罚。我都淡然一笑,你们看看我就好了,我不是好好的吗,除了比从前健壮一些,成熟一些,又有哪里不一样了呢。只是,她们仍然不放心,又托我带去他们需要的,实际上是她们认为他们需要的东西。就像当初第一次出发时，几乎每个家长都会让我们带上茶叶蛋，沉沉的一长串，像膨胀了的冰糖葫芦，后来半路上因为实在太重，也经不起长途折腾很快会腐败，不如早点舍弃。

我还记得休假路上的情形，漫长的旅途，好像总要发生些什么。比如，有一次从沈阳上车的时候，同时上来一个披头散发的女孩，带着点温州口音，她趿拉个拖鞋，穿着睡衣就上了车。拥挤的车厢里，她显得格外引人注目。她显然没有买票，更不可能有座位，她就在人潮拥挤的车厢过道里站着。每一次推着小车售卖的列车员经过时，她都要侧身避过。好多人投来奇异的目光，她终究没忍住，但眼里的惊恐之色随着列车的驰远而渐渐散去。她大胆并大声地说起自己的遭遇，她说她是被同乡骗到沈阳来的，说是这边有不错的工作。结果，她被关进了小屋子，有几个男人盯着她，当然还有其他地方被骗来的同龄女孩。每天，她们只得到两顿饭，只有白菜和土豆。女孩后来知道，她们已经被拐骗进卖淫团伙。她想过很多办法逃离，但都被追打回来，变本加厉地虐待她们。终于，有一天，她趁着出去上厕所的机会逃了出来，一路跑，一路打听火车站的方向。那时候，火车站没有严格的安检设施，也可以上车补票。所以，她径直冲进了车站，又冲进了一辆开往南方的火车。她要回家，她的坚定让她的讲述很诚恳，也不带一丝悲伤。车上人们的眼光由讶异转为同情，我旁边的大妈让了座位给她，说你坐会儿吧，孩子，你受苦了；我对面的两个女孩，好像是一对姐妹，她们说，你身上的伤都是他们打的吧，这些人太无耻了；一个中年人借了手机给她，让她给家人打电话。我则告诉她线路，如何和家人接应，如何回到家乡。她说她决定在南京下车，再转大巴回家。到了南京，我急匆匆下车给她指路，因此差点把行李落在了车上，当我返回车上寻找行李的时候，才发现原先坐我对面的两个女孩已经将行李送了过来。

　　火车上的故事实在太多，仿佛是将一群萍水相逢的人凑在了一起，注定会发生一些故事，然后各自天涯。

　　多年后，我常常想，那些人怎么样了，那个大妈身体可好，那两个女孩是否已经长大成人，有了自己的家，那个逃出魔窟的温州女孩，是否安全地回到了家。我想，每一个旅途中的人，最终的目的都是想回家吧。家是我们从小就想离开的地方，却也是我们用一生想回去的地方。

再后来，我无数次坐火车，从这个城市到那个城市，但无论去往哪个城市，我都对火车充满了新鲜感，都认定那必是一场全新的旅行。

就像《立春》里黄四宝说的那样：我一看见有人提着包离开这个城市，别管他去哪儿，我都很羡慕。

那一刻，我是羡慕自己的，我甚至看着月台上送别的人群，会产生鄙夷和扬扬自得。仿佛，我是去见一个久未谋面的爱人，或者去迎接一场加冕的盛典。

是的，火车带你驶向远方，将远方变成你的另一个故乡，承载着你的思念，时时回望。

时光里的老街

时光太快,我们追不上它。仿佛昨天还在看樱花,访蔷薇,现在却已入了大暑,要一脚踏进初秋的姿态了。

我和母亲走在幼时生活过的街上,雕梁画栋的明清建筑早已不复存在,取而代之的是钢筋水泥的门面房。

母亲指着右边那家糕团店,说:"这家店有十几年了吧,竟然还在。"

我想辩解,却什么也说不出口。因为那家糕团店在我印象中并不存在,早先这里应该是一家猪肉摊,那个屠夫与母亲相熟,母亲习惯性地挑剔每块肉的肥瘦,油腻程度,有没有充血,有没有冷冻,屠夫总会适时地解释说生活没有那么容易，每块肉都有它的脾气之类的话，母亲就笑呵呵地拎起一块，说："切一条给孩子炒菜吃。"

屠夫满面油光，汗涔涔地接过肉，咔咔两刀，剁完了扔进一个塑料袋里递了过来。

母亲说这里是一家糕团店，怕是我求学后不常回来，肉铺早换了东家而我不知，母亲倒常来光顾。这里就像一个舞台布景，角色总在变换，屠夫早已不见踪影，如今这里的糕团店都有十几年光阴了。

母亲又指了指那家卖对联的店面，这里已经变成了一家面粉加工店，生产挂面，玉米面，还有饺子皮馄饨皮之类的。从前那个写对联的白胡子老人怕也是作古很多年了吧，我依稀记得他总是着一袭白袍子站在那里，笔直笔直的，手执一支狼毫，写出的字苍劲挺拔，力透纸背。

平时他写喜联挽联，过年时写春联，整条街就他一个人做这门营生，生意自然好，但他好像很随性，别人买了他的长对联，他会送出一个"福"字，说这是添福的意思。

从前的人说话就是这样谦逊有礼，讲究个和气生财，谁听了都熨帖舒服。

往前走是一家五金店，原先是一家理发店，我问母亲为什么理发店不开了，母亲撇撇嘴，说理发师前两年就过世了，这个人哪就是夹生，说话刻薄着呢。

在我的记忆中，理发师个子不高，人很白净，约莫四十岁年纪，总是爱梳一个油光水滑的分头。极爱干净，怕是有些洁癖吧，店里纤尘不染，每理完一个头发，都会把地扫一遍、桌子清理一遍，才顾得上下一个顾客。

小时候喜欢到他这里来理发，理发师傅的手艺好，手法也轻柔，经常理着理着，我就睡着了，他会轻轻地扭正我的头，像微风拂过湖面，蜻蜓掠过青草尖，轻轻的，痒痒的，抚摸着，拨弄着，然后我又睡着了，头朝一边歪去，他又要去扭正我的头。每次理发都需要近两刻钟，时间长是长了点，却真正是享受。

理发店的前面是一家浴室，旧时喜称澡堂子，一直记得里面昏暗潮湿的样子，休息厅很大，放置了很多张躺椅和床铺，有一位老人总是趿拉着一双拖鞋，在里面走来走去，一会儿帮忙收拾客人的衣物，一会儿叮嘱客人要注意保管好财物，然后才啪嗒啪嗒地去捡拾客人随意扔在地上的拖鞋。

浴室入口处也总有一位中年人帮忙收拾毛巾，帮客人擦背，他看到小孩子过来，会一把抱起，用一块毛巾将小孩整个儿地包住，再胳肢着小孩的腋窝扔回到大人的怀里。

浴室里总是雾气蒸腾，水池分温、热两个，喜欢泡澡的会在比较热的水池里待着，等泡上个几刻钟，才换到温水区。很多人不太讲究，便会在水池里搓背搓身搓脚板，不一会儿，水池里便漂满了污垢。

每每如此，我便执拗着不肯下水，父亲就一把夹住我，连拖带拽下了水池，我扑腾几下便老实了。

如今澡堂子变身为一家超市，客人可以自由选择自己需要的商品，他们不知道自己脚下踩着的是一片湿漉漉的旧时光。

还记得澡堂子附近有一家照相馆，照相馆老板是一个大龄单身文艺男青年，喜欢琢磨胶片相机，拍出的照片不用修，个个像电影明星似的。很多人从四面八方慕名而来，找他拍照。他对长得好看的人尤其照顾，会把洗出的照片敷上膜，作为对客人的优待。

那时候堂姐正值青春期，已出落得亭亭玉立，经常打扮得花枝招展约了女同学去拍照，女孩子们挤在小小的照相馆里，叽叽喳喳地讨论着发型和脸上的腮红，老板也很有耐心地坐在那里等候，一边用录音机播放着小虎队的音乐，一边叫她们放松不要紧张。偶尔，他也会走过来，跷起兰花指帮女孩子们扎头发。

后来发现他对漂亮的男生更加青睐，有个长得眉目清秀的男同学经常去他那里，这位同学给我们看过他的照片，竟然可以塞满整整一书包，他诡秘地笑说这都是照相馆老板免费帮他拍的。

再往前走是一家商场，小的时候，商场都是国营的，我的第一件海魂衫、第一个皮球、第一架玩具飞机都出自这里。那时候商场有开票员，有收费员，开票员和收费员之间有一根长长的线连着，上面夹着一只铁夹子，他们就用这只夹子夹着票据和钞票，在空中画上一个来回的弧线，便完成了一笔交易。

那时候很好奇，总是央求着开票的阿姨把夹子取下来给我看看，开票阿姨原来是唱戏的，脸长得好看，皮肤白皙细嫩，说话声音也好听。她会哄着我说，让你妈妈给你买玩具啊，买了就给你看。母亲便会笑骂她，说："你呀，真会做生意。"然后，她们互相哈哈地笑了起来。

母亲说这个阿姨后来调走了，为了自己钟爱的戏曲事业，但后来还是下岗了，戏院早散了。

这时候，迎面奔过来一个少年，白皙瘦弱，眼神莽撞，他与我擦身而过时，衬衣在我身上蹭刮了一下，我看到一颗纽扣滑落下来。我弯腰拾起，想回头追去，却发现少年早已不见了。

我手捏着那颗纽扣，晶莹透亮，能映照出自己当年的面孔，也如刚才少年般清晰，一滴泪珠掉下来，掉在纽扣上，瞬间又模糊了。

故乡的原风景

天气好的时候，我都会带了相机，将周边走一遭，再走一遭，这个城市能转的地方太多，一不小心就到了一处名胜古迹，转个街角又能撞见某个名人故居，就算满大街遮天蔽日予人阴凉的悬铃木，也能说出许多道道来。

所以，我们真的要感谢前人栽树，后人乘凉，把人间至美留给了这座城市。

原本想在街角的小公园驻足，看看秋日掉了一地的合欢，或者那棵不知名的大树下坠落的红果果，当然枫叶也开始变色了，嵌在一树绿荫里，煞是好看。

许是秋光甚好，又怎能在这小小公园里停了脚步，饶是行出一身汗，还是兴冲冲拐到了玄武湖。

玄武湖原本是皇家园林，到今日已然成了市民公园。总有人拿它与西湖作比，实在是不应该。仅"玄武"二字的古老与尊奉，就已经和婉约秀美的"西子"有天壤之别，哪有什么可比之处？

入了公园，但见湖光山色，碧波荡漾，游人也多到从前繁盛模样。寻了樱洲和环洲间的僻静所在，贴着夹河边，边走边看。河中满满当当的荷叶，挤挤挨挨层层叠叠，虽已秋日，并无半点衰败之色，荷花尚有三两朵如画绽放，在风中袅袅娜娜，裙裾微摆。

樱洲靠近夹河的一侧有一处坡道，坡道狭窄幽长，又巧夺天工地造了许多景，植了许多名贵花木，假山顽石间郁馥葱茏，日光斜照，树影婆娑，真的是移步换景。

那声音就是此时此刻传过来的，就在我身后不足二十米处。是久违的口哨声，十分的和缓轻柔，如歌如诉，就着翦翦秋风，让人有了几分醉意。

一时听得住了脚步，等那声音近到耳侧，才打量起那人。实在是普通面孔，原以为是一翩翩少年郎，着了棉布白衣，到这林密景幽之处附庸风雅来了。

许是怕惊扰我，毕竟路窄得只能容一人行走，他侧身掠过时，声音也戛然而止。

我正好紧了脚步追上他，问他，老兄，你刚才吹得实在是好。

那位"老兄"回头，并不带一丝笑意，倒是有些意外。表情看似有些尴尬，实则异常复杂。

现在的搭讪早已不那么单纯了，总要生生多出些提防来。直到我说，你刚才吹的是宗次郎的《故乡的原风景》吧？他才微微露出些笑容，点了点头，憨厚地说就是瞎吹的。他的皮肤黝黑，但肤色均匀，像运动健将，但又没有夸张大块的肌肉，反而显得和谐。

是个长久劳作的人的样子吧。

我说你吹的节奏很好，没想到宗次郎的曲子还能以这种形式表达，你看，荷塘的荷花都被感动了，摇曳生姿的。说完方觉得自己矫情了。

他说，我就是跟着视频上练的，平时在工地上干活，手机就开着放视频，一是找点乐子，二是家里有事随时能接上电话。

我说老兄哪里人？

湖南湘西的。

竟和沈从文先生是同乡。

是的，我也很自豪是沈先生的老乡，但也只是自豪。中学课本里学到沈从文就很羡慕他，可以走出去。他把湘西写得那么好，湘西是好，就是不方便。

湘西很美吧？

美，山多喽。多到数不清噻。我们小时候上学要翻过一座山，再过一条河，那会儿起得早，山里黑漆漆的，怕人，就吹口哨，比赛谁吹得响。我就是那时候学会吹口哨的，但我吹得不行，没有他们响。厉害的人可以把竹叶子都吹下来，把天吹亮。

在他说话的当口，我已经将湘西的山与沈从文笔下的凤凰古城一一打捞起来，眼前早已不是紫金山玄武湖，而是无边无际的群山，一座需要行很远的路到达的边城，热闹的三八市集，"照例的有好多好多乡下人，小田主，买鸡到城里去卖的小贩子，花幞头大耳环丰姿隽逸的苗姑娘，以及一些穿灰色号裤子口上说是来察场讨人烦腻的副爷们，与穿高筒子老牛皮靴的团总，各从附近的乡村来做买卖。"

集上的骚动，吵吵闹闹，但并不影响人群里有个人在吹口哨，声音悠扬飘逸，与那山山水水浑然一体，融得巧妙。你要仔细听，便是要醉在那里，无法起身。

你来这里多久了？

不久，就是这边工地上需要人，就跟着老乡来了。听他们说玄武湖很漂亮，就过来看看，没想到还有一座山，就是没有我们湘西的山高。

他们怎么没有和你一起来？

他们早就来过喽，说总来也没什么意思，还不如家乡的集市好耍，集市上东西多还不要几个钱。他们就在工地打牌，我出来转转，我还是觉得这里好，上学的时候，书上有长江大桥，我还没时间去看看。

你还会吹什么曲子？

完整的就会这么一首，其他只会一点点。我第一次听到这首曲子就很喜欢，就在网上把完整的找出来学着吹。吹会了就和家里人视频，吹给他们听。我的妮子三岁喽，听得懂了，我一吹她就手舞足蹈的。

他说到这里笑了起来，眼神里尽是温柔。

女娃子，你看城里的女娃子多好嘛，可以上大学，可以在这么好的公园玩耍。我跟娃子说，我会让她过上好日子，将来上大学，到大城市里来。她都懂咧，直跟我笑。

告辞的时候，他走了另一条路，许是有些兴奋，脚步细碎起来，像是蹩脚的舞蹈。

折回湖边时，租了条游船，在游船上拍了些照片，但总也寻不到好的角度。城市的天际线一日三变，高耸的楼宇令人亢奋，也让人扫兴。从前的诗意，从前的慢生活，因为高楼被削成两半，大地与天空之间，横亘了数不清的欲望。

上岸后耳畔总是响着那首曲子，飘飘荡荡的，一会儿在天际，一会儿在山林，一会儿又落到了树梢，你走几步，那曲子又在你的脚尖跳跃着，像一滴露水落到了荷叶上，一滑，又到了水里。仿佛整个空气里都弥漫着这首曲子，那些糟糕的角度倒也不以为意了。

恍惚之间出了公园才想起租船的定金没有退，又急匆匆匆地往回赶,游人在我身旁掠过,他们都变成了音符,我竟然笑了起来,笑得肆意而忘我,脸上挂着汗珠也顾不上擦,像去赶一个山里的集。路边繁花似锦,竹笋冒嫩芽,溪流叮咚作响,脚步似按了琴键,哪有一丝躁意,分明都是欢喜。

往后余生,这种没来由的笑,总要多一些,才对得起这初秋胜景,对得起四季往复,对得起那擦肩而过素昧平生的良人。

陪伴,

是最长情
　　的告白。

Chapter 4

生有热烈
藏于俗常

"内心的那份热爱从未因岁月的消磨而消散,因为热爱,所以喜悦。他们最终把爱好玩成了绝活儿,也活出了自己的心气儿。"

蟋 蟀 山

"唧唧复唧唧，木兰当户织。不闻机杼声，唯闻女叹息……"

黄厉害能将《木兰辞》一口气从头背到尾，不明就里的人以为他只是喜爱李杜文章，爱读个古诗词；懂的人自然知道他为什么能把这首乐府民歌背得滚瓜烂熟。因为"唧唧复唧唧"说的就是促织，"机杼声"就是织布的声音。这也是蟋蟀的别名"促织"的由来，而黄厉害用了二十年的网名就叫促织。

他为什么会以"促织"作为自己的网名昵称呢？因为黄厉害玩了一辈子的蟋蟀，他觉得自己就是一只促织，一只野生的，一辈子身经百战的蟋蟀。

黄厉害现在是本地知名的企业家,缴税大户,身价自是不菲。他不抽烟不喝酒不打麻将,就爱玩个蟋蟀。清人张潮说:"花不可以无蝶,山不可以无泉,石不可以无苔,水不可以无藻,乔木不可以无藤萝,人不可以无癖。"嵇康好锻,武子好马,陆羽好茶,黄厉害好斗蟋蟀。

黄厉害玩蟋蟀,是从小就有的事。那时候城市小,他又生在老城南,城南出了城墙,就离城郊不远了,有的是废弃的工厂,和不远不近大片的草地和荒野。黄厉害还不那么厉害的时候,他就跟着小伙伴们一起出去捉蟋蟀,那会儿他们称蟋蟀叫蛐蛐。夏天蛐蛐多,唧唧复唧唧,光听声音就受不了,但他和小伙伴们喜欢,一听到蛐蛐叫,就浑身刺挠,恨不得晚饭也不吃就要跑出家门,往砖石缝和草丛里钻。

他们捉蟋蟀很有一套。黄厉害将带好的诱料放在蟋蟀活动最多的地方,诱料是提前准备好的,把麦麸或米糠用糖水搅拌,在锅里用文火炒了,出了香味就用罐头瓶子封起来。去逮蟋蟀的时候,往瓶子里滴上几滴白酒,味道就更浓郁了。沾着白酒的诱料,用手搓成小团子,往草丛里一丢，蟋蟀闻着味儿就出来，一捉一个准。尤其要注意的是，蟋蟀来觅食时，不要来回走动，只要打开手电筒，用强光照住它们，蟋蟀就一动不动了。它们像是被定了身法，只要徒手去捉，便可以将它们一一拿下。他们为了能捉到最好最好斗的蟋蟀，不得不夜间行动，夏天的时候，闷热无比，整晚蹲在地上，头晕眼花，腰酸背疼，浑身的衣服被汗水浸透了。秋凉的时候，又阴冷无比，加上又饥又饿，有一次，他们直接躲到臭气熏天的厕所里睡着了。

黄厉害和小伙伴捉了蟋蟀回去，会各自给它们起名字，黑将军、青麻头、黄大头、老红钳、钨钢牙。这些名字都是好名字，听着就是争强好胜的主儿。互相斗起来，谁也不服谁。最终赢了的，就要请客吃饭，赢得最多的自然是黄厉害，他就带着小伙伴去高岗里喝馄饨，高岗里的老头柴火馄饨是一绝，辣油是店家自己熬制的，香。黄厉害每次请客都兴高采烈的，因为自己就想吃，何况自己的蟋蟀还赢了战斗。

黄厉害从商以后，生意做得风生水起，那时候赶上下海潮，他又敢想敢做，头脑灵活，很快就拓展了业务，办了企业，开了厂，又建立了股份公司，最多的时候，养着两千多号人。他忙得分身乏术，一个人掰成八个人用，但还是抽出时间来玩蟋蟀。

他不但在家门口玩，还研究蟋蟀的历史和产地，比如他说宋代有两个宰相就爱玩蟋蟀，一个是北宋末年的李邦彦，一个是南宋末年的贾似道，这二人都玩蟋蟀玩出了"癖"，终生把大量的时间用在了斗蟋蟀上，不务正业，最终把大宋王朝也给葬送了。

历史是一面镜子，要引以为鉴。所以，黄厉害玩蟋蟀也是适可而止，只在出差的时候，或者给自己放假的时候玩。他听说山东宁津县的蟋蟀种类最多，是全国有名的蟋蟀产地，那里地理条件和气候环境俱佳，冬无严寒，夏无酷暑，所产的蟋蟀战斗力强，他跑到那边去捉，但不熟悉地形，只好买了几只身强力壮的带回来。未承想，蟋蟀也会水土不服，回来几天就变得无精打采，很快就死了。他又听说山东宁阳的蟋蟀久负盛名，被誉为"江北第一虫"。这次他学聪明了，不光是去挑选喜欢的蟋蟀，还向当地人请教怎么养蟋蟀。

回到本地后,他学着宁阳的人,专门搞了个屋子养蟋蟀,地上铺了厚厚的一层碎木屑,这是防潮用的,蟋蟀只有在适宜的环境下才能长得威猛无比。他又学着给蟋蟀"蒸桑拿",因为他听说赛前给蟋蟀洗个澡按个摩,会更加勇猛。他用特制的工具给蟋蟀热身、洗澡、按摩,一条龙下来,蟋蟀果然精神抖擞,威猛无比。

黄厉害玩斗蟋蟀,只会和伙伴们玩,从来不参与赌注,也不去地下赌场。所以,跟随他玩的人也多,大家是真的喜欢蟋蟀,友谊第一,比赛第二。没有比赛的时间,想尽一切办法"照顾"它们,甚至给它们配对找"女朋友"。蟋蟀的存活时间不长,三个多月的寿命,黄厉害玩蟋蟀玩出了感情,觉得不能亏待它们。死掉的蟋蟀,他都会在院子里找个地方埋起来,久而久之,那个地方就隆起了一座小山包。他就给这个小山包起名蟋蟀山,上面竖一个牌子,写上山头名,上款"促织"。

退休后的黄厉害还是烟酒不沾,玩蟋蟀却没那么频繁了。他只是隔三岔五地往上海跑,每次他都说去上海看戏的,谁都知道他有个上海的死党,是搞京戏的,总撺掇他去捧场,其实背地里还是斗蟋蟀。听说上海人玩蟋蟀更厉害,养得精致,玩法也别出心裁,就连裁判都是持证上岗的,已经成了产业链。

他每次去都满载而归,带回来的不是别的,是蟋蟀。那些蟋蟀都是有名有姓的,他把它们养在一间有地暖的屋子里,每当夜晚,蟋蟀就唧唧地叫,别人听了心烦气躁,黄厉害不以为然,他每次听到蟋蟀的叫声,嘴角就咧了起来,像是遇到了初恋的情人,掩藏不住地喜悦。

他说,人无癖不可交也。这是借用明代张岱的话,但从他的嘴里说出来实在是恰当,他是个执着的人,也是个深情的人。

真正厉害的人,一生只做一件事就够了。

闺 门 旦

宇文阿姨住在楼下这件事,像一个谜。因为通常我下班的时候,她家是没有亮灯的,早上出门的时候也是。你会以为这是一间空房子,没有主人的空房子。

宇文阿姨却又是真实存在的,她曾经在我家装修的时候过来敲过门,准确地说是来"警告"。只是,她的"警告"十分地有涵养,有素质,非常地得体,就显得不那么像警告,倒像是来重新认识一下,建立友好睦邻关系。

她敲门的声音很节制,也很有节律,不疾不徐的,像戏曲的鼓点,笃笃,笃笃笃,笃笃。我推开门,她一脸堆笑地站在门口。那笑如果放在一个不是这么慈眉善目的老人脸上,你会觉得那是假笑。她的笑里多少有些愁苦的意思，脸上的皱纹你分不清是因为上了年纪，还是因为那些愁苦堆叠起来的千山万壑。总之，她的笑让我觉得很不好意思。毕竟谁家装修不搞点动静出来呢，但她却这样笑着，我就只有认错的份儿。

我说，阿姨，不好意思啊，装修吵着您休息了。

宇文阿姨摆摆手，她摆手的姿势不太一样，手举得很高，高到头顶，生怕对面的人看不到的样子。又像是打招呼，行某种重要的礼节。她说，吵是吵，肯定是睡不好的。

我心想，完了，把老人家吵到了，赔礼道歉吧。

我正要说话，宇文阿姨又摆摆手打断我，说我本来就睡不好，前一阵子老头子在河西医院住院，晚期，要人照顾，我年纪也大了，二十多公里每天来回跑。只有女儿换班的时候，我才能回来休息，说是休息啊，也休息不了，总是提着个心。最近，老头子走了，房子里空了，我还是睡不好。

我看老人家并没有要兴师问罪的意思，反而絮叨家常。只好说，阿姨，您进来看看吧。

宇文阿姨就进到了屋内，说装修得挺好的，挺亮堂的，我们楼上楼下一样的面积，你们装修一下就感觉大多了。我们是老式装修了，挤得很。我想跟你说个事啊。

她终于转入正题。那个卫生间啊漏水，你要提醒装修师傅，不要搞得太狠了，有空让他们去帮我修补一下。

我说，原来是卫生间漏水啊。我一边喊师傅，一边对她说，实在不好意思啊，漏水是挺麻烦的。

不麻烦不麻烦，要不是有点严重，我也不会上来找你的。我呀，一辈子都是这样，不想给人添麻烦的。对了，那个灯啊，被震得不亮了，也帮我看看。

我拉着装修师傅去她家检查。她家果然是不太亮灯的，虽然只低了一个楼层，却像从阳光明媚的沙滩来到了暗无天日的山洞。越往里走，越有种曲径通幽的错觉。

宇文阿姨说，家里东西多，你们将就坐一下，我给你们倒杯水。装修师傅忙推辞说，不用了，我赶紧帮您修补，还有您家线路老化了，我给您装根明线吧。

不到半个小时，装修师傅就搞好了。灯光重新亮起来，照到桌子上零乱的瓶瓶罐罐和水果。宇文阿姨笑笑，是女儿们送来的，她们只有周末才过来。

房间的墙上除了挂着一张老人的遗像，旁边还挂着一张手绘的画像，那是一个名伶的肖像，素描功底了得。画上的女子低眉垂眼，浅笑嫣然，头面水钻个个分明，簪钗步摇，珠片流苏，顾盼生辉。我一时看得呆了，宇文阿姨笑了，这笑仍然是无声的，只是能看出来，那笑是从皱纹里飘出来的，而不是挤出来的。

我说，这画像上的女旦莫不是您吧？宇文阿姨点点头，老皇历了，画像也发黄了。

画这画像的人，一定是深爱阿姨的人。宇文阿姨回，有什么爱不爱的，老夫老妻了。

就是刚过世的爷叔？觉得用词过于唐突，只好住了嘴。

宇文阿姨倒是不介意，说，爷叔是当年的高才生，幸好在"文革"开始前就大学毕业了，要不然，嘿。不过啊，他还是被弄到苏州去了。我们是在苏州认识的。

原来，当时宇文阿姨还是宇文小姐的时候，是跟着昆曲传字辈学戏的，最开始学《长生殿》，后来学《牡丹亭》，那会儿张继青已经演过《白蛇传》了，有名气了，后来又不唱了，到八十年代才又出来。

我就是那个时候断掉的。宇文阿姨叹一口气。

戏班子里，有个男生叫宋芳信，一个男生名字里有"芳"字，却不觉得古怪。宇文阿姨便留意他，后来宋芳信告诉她名字的出处。那是苏轼的一首诗《谢关景仁送红梅栽二首》其一，"年年芳信负红梅，江畔垂垂又欲开。珍重多情关令尹，直和根拨送春来。"

宋芳信的父母英年早逝，至于什么原因，他总是三缄其口。他到戏班子里来，是找一个归宿的。所以，他十分勤勉，学戏像模像样。宇文每次去戏班子，都能看到芳信在那里压腿、吊嗓子。

今后，他是要唱小生或者武生的。所有人都这么说。

宋芳信脸庞清秀，鼻梁硬挺，略带点英武之气。宇文阿姨说你文武生都可以扮上，宋芳信说要能唱生角，得多练习才是，自己还差得远呢。

少女的情窦初开，是自然而然的事，她每天早早进班子，就为了陪着宋芳信练功。只是，宋芳信这边却无任何的回应，他执着于练习，为即将到来的"角儿"，也为即将到来的好日子,完全不在意男女之情。

噩耗传来的那天,宇文阿姨正好身体不适请了假。第二天到戏班子的时候,气氛整个不对,她这才听说宋芳信没了,是练功时从戏台子上掉下来,头着地摔死了。

他是要翻一个跟头,又要到戏台上练。宇文阿姨说,如果那天我去了,就会劝他的,年纪轻轻的,可惜了。

隔了这么多年,她像在说一段与己相关又不那么相关的前尘往事。

但我是幸运的,遇上了爷叔,他呀喜欢听戏,一点架子都没有。我们就偷偷地跑到河边去,我唱他拿根柳条在旁边,手舞足蹈,好笑着呢。

爷叔笑话我,说我没有像崔氏那般现实,不顾穷困潦倒的朱买臣。他说自己当年就是朱买臣,但我不是崔氏。他官复原职,我们就一起回南京了。

刚回到南京的时候,他管文化的口子,只要有戏票了,就拿回来,说你去看戏吧,我来带孩子。我哪忍心让他一个人带孩子,上班够辛苦的了。那些戏票后来都送给了左邻右舍。我不是不想看,一是没时间,二是我不敢看。我怕，怕看了会上瘾，会忍不住也要唱。我唱不动了，也唱不好了。

墙上还有一张照片，也是宇文阿姨的，她着一身旗袍，斜倚在一张藤椅上，那藤椅显然是用久了，露出光滑的底色。宇文阿姨的眼神迷离中带点慵懒，温顺得像一只猫。身上的衣着得体，剪裁合身，一切都恰到好处。

就像倚在牡丹亭里做梦的杜丽娘。我脱口而出。

宇文阿姨又笑了起来，这次的笑，是舒缓的，皱纹由起伏的山峦，一时间变成了水波的浪纹。

打那以后，宇文阿姨家的灯时而会亮起来。隐隐约约，间或也能听到楼下传来的一声声吟唱，轻柔的，像夏虫的呢喃。我想宇文阿姨是在恢复唱功了呢。

又是一年春天，小区外面刚建好的花园里，植了许多花，种类繁多，有二月兰，有河津樱，有花毛茛，有海棠，有芍药，有小叶栀子。这会儿，正是二月兰开放的时节，到处都是蓝莹莹的，像铺了一张厚厚的花毯子。

那天，我看到宇文阿姨立在花园的中庭里，那里有一座新建的仿古亭子，朱红的漆还泛着光泽。她斜倚在一根柱子上，甩了一下水袖，那水袖是拼接上的，在有些宽松的袍子外面。没有弦乐声起，没有曲笛笙箫，没有琵琶珠玉落盘，只有那闺门旦音色双绝，已经唱到了《惊梦》的步步娇唱段，"袅晴丝吹来闲庭院，摇漾春如线。停半晌、整花钿。"

花园外，一辆辆电动车驶过，又一辆公交车轰然路过。那唱词就时断时续，犹如梦境。

理 发 师

他穿着皮裤和紧身的碎花衬衫，留着波浪卷的长发，有时候会扎起来，在脑后留个发髻。他是小区里一众老人中的赛博朋克，总是昂着头，双腿修长，走路带风，两只手臂摆动节奏感很强，像随时要翩翩起舞。

实际上，他不过是小区里一名普通的理发师。

人们叫他菲哥，王菲的菲，哥哥的哥。菲哥的理发店就在他家门外。他家在一幢楼的一层，前面围墙内搭出来一间房，朝外开了门，就成了他的美发工作室。理发店做成了玻璃房的格局，全透明，外面掩映着一棵枇杷树，春夏之交的时候，枇杷挂满枝，正好垂到落地玻璃窗前。门口照例放了一根灯柱，黑白相间的那种，一天到晚转个不停，晚上尤其明显，跟三十年前街头理发店的一模一样。

菲哥最早并不是理发师，三十年前，他是国营工厂的一名工人，因为做事认真仔细，当上了车间主任。白天上班，晚上去地下舞厅跳迪斯科。菲哥跳霹雳舞有一手，他可以扭着腰肢，慢慢往后仰，一直仰到背着了地面，再扭着起身，一点也不颤。他还会跳擦玻璃、走钢丝，但凡有一种高难度的舞蹈出来，他都会第一时间学习，练熟了就到舞厅里跳给大家看。

很快，菲哥成了远近几个厂子的舞王，搞文艺会演的时候，菲哥的霹雳舞总是拿头奖，很多女工人喜欢菲哥，给他献花，约他跳舞，但他都不当回事，墨镜一戴，头发一甩，表示拒绝。

菲哥喜欢纺织厂的一个女孩，每天骑着自行车在门口等女孩下班，女孩对他并没有好感，嫌弃他的大喇叭裤和爆炸头，总是躲着他。他又换了一辆摩托车，轰隆隆骑到厂门口，到了下班时间，厂里出来的女孩们都盯着他看。菲哥不以为意，他只想等心爱的女孩出来。女孩终于出来了，手里端着个盆，里面是换洗的衣物，头发湿漉漉的，满是洗发香波的味道。菲哥闻着心动，就凑过去，女孩这次没有避让，说，你要是换辆雅马哈来，我就跟你处。

菲哥以为机会来了，找几个跳舞的兄弟凑了钱，买了辆雅马哈，当他骑着车去找女孩时，等来的却是两个公安干警。女孩把他给举报了，说他耍流氓。他就被抓了起来。

那时候流氓罪是重罪，他在被审问时，说自己什么也没有干，是女孩诬陷他。公安就把女孩叫来，女孩嘤嘤地哭泣着，一口咬定是他欺辱了她。菲哥说，我是喜欢你，但你不能因为长得好看，就可以随便诬陷好人。女孩听了面红耳赤，改口说欺负她的不是菲哥，而是另有其人。

菲哥被无罪释放。放了出来的菲哥，再也没去找那个女孩，而是专心练舞。他还去和别的工厂里的工人比舞，赢了就可以和对方厂里的厂花约会。因为前面的事情，菲哥对约会不再感兴趣，只想一心跳舞。

有一次，他跳舞扭伤了腰，怎么也直不起来，就倒在了地上。所有人都在旁边起哄，说你起来啊，别装了，你可是三七二厂的舞王。只有那个厂的厂花默默地从人群里挤出来，来到菲哥的身旁，把他扶起来，又大声呵斥围观的人，眼都瞎了吗？还是缺心眼子，人都快不行了，还不快搭把手。大家才意识到菲哥是真的受伤了。

菲哥从医院里出来，就再也不能跳舞了。医生说，腰肌劳损，半月板损伤，不能剧烈运动，回家得睡硬板床。

厂花陪着他，给他做饭，洗衣服。等菲哥能走路的时候，他们就结婚了。厂花并不懂什么霹雳舞，但好唱歌，是厂里的百灵鸟，每年的厂庆和联欢会，她都会上台唱歌，她唱的《小草》《迟到》最受欢迎，还会用俄语演唱《山楂树》《三套车》。菲哥问她怎么会唱俄语歌，她笑而不答。

后来，菲哥知道厂花上中学的时候暗恋过一个学长，学长考大学去北京了，就再也没见到过。那个学长是学俄语的，会用俄语大段大段地背诵《钢铁是怎样炼成的》。

原来爱情真的能让一个人变得勤奋，变得学会很多东西。

菲哥感恩厂花，厂花说就喜欢有文艺细胞的人，不能跳舞，还能学点别的，总之生活不能白过，要过就过得有意思。菲哥说他想学琴，他和厂花商量要买一架钢琴。厂花二话没说就同意了，她把家里给的嫁妆都变卖了，又问娘家要了一些钱，一架日本的雅马哈钢琴就搬回了家。厂花说，雅马哈摩托和雅马哈钢琴，绝配。

菲哥勤学苦练，从最简单的音阶学起，慢慢地会演奏一些不算复杂的歌曲。厂花就在旁边哼着歌儿。有厂花的伴唱，菲哥的琴技突飞猛进。有了孩子以后，厂花就抱着孩子在他旁边听，孩子也像是听得懂似的，摇头晃脑的。

菲哥四十岁的时候，厂花生了一场大病，病愈后就办了提前退休，一次性补偿，就算是职业生涯了结了。没有工作的厂花在家料理家务，照料孩子。第二年，菲哥也下岗了。下岗后的菲哥整个人都蔫了下来，他不想去摆摊、赶夜市，也没想过要离开厂花去广东捞金。生活愈发拮据的时候，厂花说要不把钢琴卖了吧。菲哥不同意，晚上悄悄跑去广场上教人跳舞。晚上回来，厂花发现了，说你疯了吗？你的腰不能再跳舞了。菲哥说，除了跳舞和弹琴，什么都不会，厂子也回不去了，再不赚钱，喝西北风吗？

厂花说，我生病的时候，你不是买了理发工具帮我剪头发吗？要不，你开个理发店吧，我相信你能干好。

菲哥起初觉得丢人，以前可是街坊邻里都知晓的舞王，突然成了服务业者，脸往哪儿搁。但挨不过生活的窘迫，最终还是答应了。

他把一楼前面的小院子改造成了门面房，开一扇门对着门前的小路。虽然经过小路的人不多，但好在来的都是熟客。

渐渐地，理发店生意越来越好。菲哥做事细心体贴，又爱琢磨发型发式，港台风流行时，他能给女士剪出那种额头上翻卷的发型，能给小青年理出"富城头"，很多人听闻都开着车来找菲哥理发。

时间到了新世纪，街上的美容美发店越来越多，越来越豪华。年轻人都去了那里，哪怕价格不菲。只有附近的老年人来找菲哥，菲哥仍然钻研新的发型和发式，但已经远远跟不上时代的节奏了。

菲哥到了退休年龄的时候，他干脆把理发店又装修了一遍，改成了玻璃房，白天，阳光穿过枇杷树照进来，像在森林里一般，晚上，天好的时候可以看见月亮，下雨的时候，那些雨丝飘下来，落在玻璃屋顶上，滴滴答答，像琴键上飘出来的音符。

菲哥又把钢琴挪到了理发店，这时候，他已经不在乎有没有人来理发了。没人的时候，他就自顾自地弹琴，厂花作为永远的听众就陪伴在左右。没想到的是，因为环境的大改变，客人反而多了起来。以前厂里的那些文艺积极分子也爱到理发店来，除了理发，还会和着菲哥的琴声唱上几曲。

有一天晚上，我路过菲哥的理发店，听到了铿锵的琴声，叮叮咚咚声声击在心坎上，十分悦耳。那琴声是从理发店里传出来的，我看见菲哥坐在那里，昂着头，双手轻扬。同时传来的还有两个女高音，她们咏唱着一首动听的歌，名叫《春天尚未到来》。

天台农场

认识迈克是因为薇薇安，薇薇安住在元朗，上班在九龙油麻地。她常常去油麻地的库布里克看书，就认识了同样喜欢去那里的迈克。

去那里看书的人形形色色，除了街坊、游客，也有我们熟知的港台明星。迈克不同于这些人，他异于常人的气质，让薇薇安心生好奇。

有一天，薇薇安和他搭讪，才知道迈克刚从英国回来，从小在伦敦长大，对于中文一知半解，所以看书也是挑英文的看，而他的面孔又是典型的中国南方男生的样子。

薇薇安说他爱好文艺，喜欢写诗，写小说，曾经去过一趟安徽的碧山，回来就用英文写了一篇名叫《芳芳》的小说，"芳芳"是碧山一家小店的名字，就是这样一个普通的店名吸引了他，让他提笔杜撰了一个十分有趣的小说。

实际上，迈克是一个设计师，在高校里任教，也喜欢在街道的墙体上作画，他经常会和同好们组织创意市集，会画上大大的凤梨图案作为logo。只要哪条街上出现了类似的招贴画，说明迈克的市集就快要来到这里。

第一次见到迈克，是薇薇安带我去油麻地，本来约好去库布里克找一本叫《小日子》的杂志，却鬼使神差地到了咸美顿街。

薇薇安说，那不是迈克吗？

当时迈克从街上摆摊刚回，在收拾东西。摊子上是林林总总的植物和蔬菜。他整理得很仔细，我用蹩脚的粤语问他这些蔬菜是从哪里来的，他指了指高耸入云的大厦，说天台上。

我以为他开玩笑。

真的，天台上，上面有一个农场。他用蹩脚的普通话回我。

薇薇安点点头，和迈克用粤语打起了招呼。旁边的一个街坊，其实是一家房产中介的老板在向我们招手，迈克说刚借了他的梯子用，看到有客人来，招呼我们过去呢。

中介老板姓仲，祖籍广东云浮，他的店面很小，就像上世纪八十年代的百货代销店，仲老板坐在一个玻璃柜台后面，在剪纸。我们看到墙上挂满了他空闲时剪的剪纸，有高楼大厦，也有人物剪影。

薇薇安转向我说，他要给你剪一个剪影呢。

仲老板三两下就用一张黑色的油纸剪了个剪影递过来。迈克说，周润发啦。大家就笑，迈克说，仲老板剪谁都像周润发啦。

迈克收拾完，就带我们到天台上去。香港的楼都窄而高耸，电梯也极快。我们到了楼顶才发现要爬梯子上去。迈克走在后面，一路扛着仲老板的梯子，说，就靠它啦。

薇薇安说，香港人家里空间小，周围邻居想用梯子都是问仲老板借。

爬到天台上，顿时豁然开朗，一片绿油油的青菜、韭菜、莜麦菜、花椰菜，还有芥蓝和辣椒，迈克说生菜可以做汉堡啦，芥蓝可以做煲仔饭。说着他捡起地上的一根水管，扭开开关。这个时候该浇水啦，早点晚点都不行的。

夕阳的余晖照在他的脸上，汗水涔涔，白衬衫早已湿了大半，一点也不像在高校教书的老师，倒像个在田野里耕耘了多年的农夫。

他在天台上种的菜流向了哪里？我问薇薇安。

一部分当然上了市民的餐桌，因为是纯天然无农药的菜，价格又公道，所以，周边的街坊都喜爱。只要迈克出摊，生意就会很好。还有一部分流向了另一个去处。薇薇安神秘地跟我说，一会儿你就知道了。

除了种菜，迈克还在天台上养起了蜜蜂。你无法想象，在一幢摩天大厦的上面，会有这样一片自由自在的天地，就像乌托邦的存在。

他最初对于养蜂的设想，来自瑞典，那是一次特别的旅行。一个偶然的机会，迈克看到一本叫《养蜂人之死》的书，是瑞典作家拉斯·古斯塔夫松的长篇小说。故事讲述由小学教师转行成养蜂人的拉斯·莱纳特·维斯汀怀疑自己罹患癌症，时日无多。他将未曾开封的诊断通知单扔进了壁炉，拒绝在医院度过最后的时光。他回到乡间隐居，开始了"自救之旅"。小说由维斯汀留下的三本笔记构成，看上去就像一个人的回忆录，让每一个好奇的人都想去探寻笔记中的奥秘。书中引用了尼采的一句话："那些没能杀死我的，使我更强大。"

迈克就是因为读了这本小说，开启了瑞典的旅行。只是，让他失望的是，他并没有找到故事的主人公，也并没有看到那三本笔记。毕竟那是小说里的人物。而让他欣喜的是，养蜂在瑞典确是一件稀松平常的事，从凡夫俗子到皇室宫廷，人们都爱传承养蜂和收获蜂蜜的古老传统，因为王室的参与，养蜂也多了几分仪式感。最重要的是，瑞典人让迈克领会到了什么叫共享理念。

都市丛林里，野蜜蜂早已遁形，迈克和他的伙伴们将养蜂这件事搬到了屋顶。这样，人们不但收获了一个屋顶花园，还能收获共享的蜜蜂和蜂蜜。你可以想象，在一座巨型大厦的楼顶上，有蜂房，有温室，有花圃，有菜园。

是不是有种身处闹市中，悠然见南山的美好？

晚上七点，城市的灯火次第亮起来。有几个年轻人过来找迈克，和年轻人一起来的还有一个阿婆。阿婆看上去有八十多岁了，颤巍巍的。迈克走过去拉住她的手，问候她。阿婆看出我是新来的客人，又过来拉住我。

大家前前后后地去往庙街，那个电影里古惑仔打架闹事的地方。一路上，街道两旁的墙上有各种各样的壁画，薇薇安说，这些都是迈克他们画的，上面有很多水果和蔬菜的图案，他们经常会发起街坊互助计划，也会搞一些文化沙龙。墙上画的既是宣传画，也是一种街道艺术。

半路上，遇见一家糖水店，阿婆拉着我的手就要进去。众人见了大笑不止，说阿婆是这里的常客，周润发也是这里的常客，她是邀请你去吃糖水呢。

我们点了两客，坐下吃，阿婆把自己碗里的鸡蛋舀给我，笑眯眯的，也不说话。薇薇安也一直笑，说靓仔，阿婆好中意你呢。

到了德昌里天桥下，果然这里看上去乱糟糟的，和电影里一模一样,这么多年过去了,似乎也没什么变化。

露天餐厅啦。迈克指了指桥下。

露天餐厅并不是都是露天的,南方雨水多,一部分地方也用篷布搭起了篷子。入口的小黑板上写着当晚的菜单,有焗饭,有炒菜,有便宜的海鲜,也有酒水和饮料。

我们坐到了角落一张大桌子旁,迈克显然来得多了,只招呼了几声,菜就上来了。中间,不停有人过来打招呼,迈克用英语对话,年纪大的用广东话。

九点的时候,大家吃完主动将餐具送到门口,老板在那里集中回收。门口还有一个红色的小桶,用一个盖子盖着,那是收银用的。每个客人走到这里,都会将钱塞进桶里,塞多少竟然是自愿的。

薇薇安说,迈克算是这里的股东,因为他会把在天台上种的菜送到这里。我回头看才发现餐厅的名字叫 so boring,用一块很小的黑板写着,放在角落里。用粤语可译为"苏波荣",中文则是"好无聊"的意思。是一群年轻人合伙经营,他们有一天打完球路过这里,看到有间店铺出售,就集体合资租了下来。他们想在这里打造一间深夜食堂，让那些晚睡的"孤魂野鬼"有个去处，可以聊天，可以吃饭，可以交换彼此的故事。

他们白天上班，晚上在这里经营饭店，自己采购，自己掌勺，做出来的都是家常饭菜。迈克经常在这里客串洗碗工。

他们自由定价，任由食客自己往桶里投钱，这里的餐桌椅子都是街坊邻里捐赠的。

在这样的一片天空下，制造了一个乌托邦的世界。街坊里的摊位，天台上的农场，天桥下的餐厅。这样逼仄的空间里，他们是快乐的吧。

风 琴 角

有一段时间,我要经常路过一个叫三步两桥的地方。这个地名让我心生好奇,心想这肯定是个有故事的地方。这里的路也奇怪,都是呈三角形的,所以街角自然就多,而且棱角分明。

我就是在其中一个街角遇见凯叔的。

那时候凯叔的故事还没进入我的世界。他只是一个在街角拉手风琴的老人,和公园里拉小提琴、江边吹萨克斯的退休老人没有区别。

只是,凯叔选择了熙熙攘攘的街角,就有些与众不同了。他搬了个小凳子坐在那里,背后是高高的围墙,围墙里是一幢幢居民楼,外面则是高低错落过往的人群。有一次，我停下来看他演奏，当时，他拉的是《灯光》，苏联时期的曲子，带点淡淡的忧伤。凯叔拉着琴，眼神一直盯着一个方向，那是对面的一家店铺，门是关着的，落了厚厚的灰尘。凯叔的眼里噙着泪，或者并没有泪，只是情之所至，眼睛里有了湿润的痕迹。

路上的行人来来往往，并没有人在意他。他不是一个行乞者，他的演奏也并不需要观众。他是拉给自己听的，也有可能是拉给他心中的人听的。

凯叔是个有故事的人，我一直这么想。好奇心一旦打开，凯叔的故事便也扑面而来。

凯叔年轻的时候干过很多看似荒唐的事。

他写过诗，他写的诗可以堆成山，但从没有一首发表过。他常常对着天空，对着大地，对着树林，诵读自己的诗歌。没有读者，没有听众，他写的诗就像沉默的影子，风一吹就散了。

他在长江里游过泳，据说差点就淹死了，当时有一只江豚一跃而起，吓得他赶紧往回游，才捡回了一条命。凯叔跟人说起这件事时，还心有余悸，他说，那只江豚离他仅有三米远，都能嗅到江豚身上那股子腥臭味儿了。

他还当过守林员，那是下放的日子，他在云南的密林里待过几年。住的是山洞，喝的是山泉水。有一次，山里起了山火，消防员迟迟没有赶来，他跟着几个守林员赤手扑火，其他几个人都牺牲了，只有他一个人活了下来。

经历过生死的人，一切都看得很淡。

回城后，很多人都闹着要去好的单位，只有凯叔不吵不闹，默默到一家事业单位做了大巴车司机。不出车的时候，就在宿舍里看书。宿舍里有一个退伍老兵，是从内蒙古来的，叫巴图。巴图说自己的名字是坚强的意思，但自己一点也不坚强。因为总是想家，想草原，想一个叫萨仁的姑娘。他还告诉凯叔，萨仁就是月亮的意思，每当月亮升起来的时候，他就会想念萨仁。

巴图天生一副好嗓子，经常会哼唱一些凯叔听不懂的歌谣，但能听出来十分悦耳。

巴图会拉马头琴，但车队并没有马头琴，只有阅览室里放着一把手风琴，那是车队搞文艺会演时用的，后来队里添置了钢琴，这把手风琴就没人用了。

巴图天天拉手风琴，中午吃完饭拉，晚上休息时也拉。呜呜咽咽的，那声音倒有些像马头琴。凯叔知道他是想家了，便给他读席慕蓉的《父亲的草原母亲的河》。"我也是高原的孩子啊，心里有一首歌，歌中有我父亲的草原、母亲的河！"

巴图听得涕泗横流，引凯叔为知己。

凯叔也想学拉手风琴，这样至少可以打发时间。巴图不愿意教他，说他不是那块料，就像自己不会写诗一样，每个人有每个人的命。

凯叔就跟他打赌，说要是车队的乒乓球比赛他赢了巴图，巴图就得教他拉琴。巴图答应了。结果，凯叔真的赢了。

凯叔用积攒的工资买了一台手风琴，天天跟着巴图练习。不到半年，凯叔就能上台表演了。春节的时候，车队搞联欢会，凯叔上台演奏了一曲《梦驼铃》。表演完下台的时候，巴图握着他的手说，谢谢你拉的曲子，我要离开这里，回到草原上去了，这首曲子就当是为我饯行的歌谣。

凯叔知道，巴图是去找萨仁了，那是他心中的月亮。

巴图走后，凯叔失魂落魄了很久。是琴声让他走出了对死亡的恐惧，琴是巴图教的。

凯叔当时已经三十多岁了。三十多岁就是大龄青年了。家里给他物色对象，他都摇头，说自己年龄大了，没有姑娘会看得上他。

可是，还真有姑娘看上他了。那是街对面的一个女裁缝。女裁缝年轻的时候也喜欢写诗，还在校报上发表过几首小诗，家人都认为她是个疯子。当别的女孩都进了国营单位，或者嫁了好人家，而她还在家里写诗。

她不但爱写诗，还喜欢养花，屋前屋后都摆满了她养的花，连缝纫机旁边也围了一圈鲜花。她说自己叫袁花花，不爱花爱啥。

袁花花还给自己起了个笔名：草云。青草的草，白云的云。草云写诗这件事，凯叔略知一二。但文人相轻，他不想再找一个喜欢写诗的。草云也知道凯叔写诗，上学的时候还拜读过他的诗。凯叔经常会把自己写的诗抄到黑板报上，草云那时候就知道凯叔，也知道凯叔就住在街对面。

他们最终还是在家人的安排下相亲了，凯叔说，你是做裁缝的？草云说，裁云为笺，剪水为墨，都是常事。

凯叔被她的这句话打动了，就认定她了。

两个人结婚后，倒是过得不错。凯叔拉着手风琴，草云读着他们俩写的诗。

好景不长，草云的身体出了问题，一查是宫外孕，做了引流手术后，医生说她这辈子也不能有孩子了。

草云觉得对不起凯叔，说要离婚，让他再找一个。凯叔不同意，说，没孩子就没孩子，不照样过得好。

出院后的草云依然郁郁寡欢，再也提不起精神。凯叔心疼她，但无济于事。再次住院的时候，草云已经不行了，医生说她上次根本不是宫外孕，是肝癌晚期。凯叔听了大哭一场，说草云你怎么这么傻？我阿凯倾家荡产也要给你治病的啊。

草云走后，凯叔正式落实了身份，进了自来水厂。凯叔在自来水厂负责整个区的水管安装和整修。谁家水管冻了、坏了，装修要移动水管，都得找他。凯叔做事地道，不乱收费，有时候下班了，左邻右舍家里水管有点问题，他也会及时赶到。

凯叔会拉手风琴这件事，是在他退休以后才被人发现的。在退休之前，每天朝九晚五地工作，完全看不出他会有这样的文艺细胞。

退休后的凯叔重新拉起了手风琴。他不去公园，不去江边，也不去城墙和湖岸。他搬了个小凳子坐在街角。每逢周六下午三点，他会准时坐在那里，兀自拉着琴。从《喀秋莎》到《红莓花儿开》，再到《小路》和《灯光》。

他演奏《灯光》的时候，手有些微微颤抖，眼角泛着泪光。她曾是他的灯光，在他最迷茫的时候，出现在他的生命里。那个街角，是他等她的地方，她说过，转过街角，就能看到他。

听惯了凯叔拉琴，只要有一段时间看不到他，就会不自在。我还专门给那个街角起了名字，叫风琴角。风琴角没有风琴的声音，总是让人担心会有什么事发生，但又想，凯叔这辈子经历的事情太多了，还有什么坎过不去呢？

凯叔终于出现了，手风琴依然悠扬，人却瘦脱了形。他的腰际挂着一个塑胶袋，那是手术后的引流袋，里面有猩红的颜色。原来，凯叔前一阵子做了胆囊切除手术，独自一人撑了过来。

他拉了一会儿琴，就颤颤巍巍地站了起来，我帮他接过琴，他看了我一眼，说，没事，以后来听。

看来，他早就知道我这个观众的存在了。

青 花 魂

有一阵子，因为工作原因，见过一些奇人，他们藏匿于市井之中，不声不响，在某些领域却早已是令人难以望其项背的翘楚。

出租车在上海的弄堂里七拐八绕，终于在一处旧式里弄前停了下来。是典型石库门的房子，楼层不高，墙体上的电线密布，路灯昏黄。一楼就是"裁缝"的家，或者说是工作室。

我说你可真低调啊，堂堂上海滩的旗袍高定首席，住在这么逼仄的地方。

就是一个裁缝而已，谈不上什么首席的。这里虽然老旧，但真的方便，这附近的房子，从前住了好些名人呢。

影星胡蝶、诗人徐志摩当年就住在这附近。

"裁缝"姓周，我们叫他周先生。周先生边说边往房子里走。进去看看，也许有你想看的东西。

客厅有些幽暗，中间放了一张大圆桌，四周零零散散堆放着丝绸缎料，也有打样的模特身上穿着的旗袍。许是装饰老旧了，灯光也显得不那么明亮，一点不像工作室，倒像个居家的老裁缝铺。靠墙的一角有一排书架，架子上也是和裁缝相关的书籍。

周先生抽出一本书给我看，说，你看，这才是真正的"裁缝"，一辈子只做旗袍的裁缝。他是我的师傅，叫褚宏生。

我看到那本书名叫《最后的上海裁缝》，封面上是一个慈眉善目的老者，脖子上挂着一根皮尺。双手轻握，笑意盈盈，真就是一个老裁缝的模样。

我师傅是海派旗袍大师，年轻时候就给明星胡蝶做旗袍，当年的歌后韩菁菁，还有宋美龄、王光美都来找他做衣服，一直到后来的巩俐、刘雪华，你看过《花样年华》吧，张曼玉身上的二十三件旗袍，可都是参考他做的旗袍。

他不用机器的，都是用手缝。手缝的贴身嘛。不过我今天要跟你说的是我另一位师傅，青花王子张浦生。

周先生带我进了一间屋子，房间不大，却别有洞天。

整个房间被三面书架包围，只留入口和中间的空隙放了几张椅子和一个茶几。茶几上有香案，有茶具，显然是一个招待客人的地方。

书架上满满当当都是一些泛黄的旧书。我预料到这满墙的书中定有别样的故事，就问，这些书都是张老师的吗？

周先生说，是，张老师原先在南京博物院工作，退休后，一年中一半时间在澳洲，一半时间在上海。他的这些书啊，放在家里怕受潮虫蛀，我就给他讲，全搬到我这里来吧，我天天要做衣服，会给他看着的。

我轻轻取出一本打开看，是一本早年的《竹书纪年》，广益书局刊行的繁体字版本，这可是唯一未经秦火的编年通史，现在早已不多见。一本商务印书馆的《中国考古小史》，小小的一册，也是繁体字的，作者是卫聚贤，这本书是考古界开疆拓土的著作，影响了很多人。

张老师真是博览群书啊。我不禁感叹。又打开一本小册子，是细细密密的手书小楷，字迹有些潦草，有些又十分端正。

周先生说，这是张老师出去考察时做的笔记，这是江苏丹徒的，河北保定的，还有金坛、句容的，远一些的地方有内蒙古集宁、江西萍乡。这些都是青花瓷出土最多的地方。

其中有一些做得很是考究，用牛皮纸包好，上面写明元民窑资料（南京、宣州、临川），下面又贴了白纸，白纸写明青白色元瓷的鉴定方法，有的还配了照片。可以说，每一沓牛皮纸包中，都是一部鉴定青花瓷真伪的秘籍。

张老师八十多岁了，他是徽州人，在上海出生，成长，一辈子都和青花做伴，人们都叫他"青花王子"，因为健在的大师里头，像他这么懂青花的人，不多。对，他一米八几的大个，还是个篮球健将呢。

那一晚，我仿佛进入了时空隧道，穿行到抗战时期，年幼的张浦生随着家人东躲西藏，从上海南市的老北门搬到了法租界。抗战胜利后,他如愿上了南洋中学,又考上了复旦大学历史系。毕业后到南京博物院。工作没多久,就参与了南京北阴阳营遗址的考古发掘,这个遗址是南京地区最早的一个古人类居住地,是南京的城市雏形,也被视作南京城市文化的起点。

一九六二年,张浦生被调到保管部,做了瓷器保管员,从此和青花瓷结下不解之缘,在他手里保管的瓷器藏品达五千多件。在此期间,他师从古陶瓷鉴定大师王志敏,学到了第一手的鉴宝绝活,就是去捡瓷片。王志敏告诉他,要到郊外去,到拆迁现场去,到施工工地去,中国很多城市都有几千年历史,地底下都是宝贝。受王志敏先生的影响,张浦生也接触到青花瓷,成了全国知名的"青花王子"。

是年初秋,我在上海徐家汇见到了张浦生本人。他刚从澳洲回来,并无风尘仆仆之意,倒是显得健朗矍铄,神采飞扬。

他的口音有些混杂,许是在南京待得久了,上海口音有些退化，但隐隐约约又仍带着些吴音。他说，你到我收藏瓷器的房间里来，给你看看我的那些宝贝，好哦？

我以为他要带我去什么密室，结果就是一间普通的房间，不过还是装上了监控。没办法的，这些宝贝虽然称不上无价之宝，但也是我从全国各地搜罗来的，很有纪念意义的。你看，这两组相扑的人，看上去是不是很像，但有一组是后人仿制的，你能看出来吗？

我摇摇头。

他说，这个瓷器是安阳相州窑产的，相州窑很多人不知道，但历史悠久，最早要到北朝时期，到唐朝就衰落了。所以，你看，那时候就有相扑了，哪是日本人的东西哦。后人仿制的忽略了相扑的姿势，身形不对。还有这两只小狗，可爱哦？不仔细看以为是同时期的瓷器，其实相差一千多年呢。

还有这两只罐子，对咯，是青花瓷，明朝万历年间，算上乘的，不多见。你平常喜欢逛古董铺子吗？现在好东西少了，不像三十年前，随便逛逛都能淘到好东西的。这种两接头的罐子一般都是出自明代，但也不能一概而论。为什么呢？因为清代也有两接头的罐子，只是清代的技术更好了，接头处修胎修得好，接痕不易辨别，就以为没有接头。比如景德镇民窑青花缠枝苜蓿纹罐，就是典型的清道光年间的小罐子，接痕做得近乎无，但确是两接头的。

我接过来看，果然明朝的罐子接头明显一些，清朝的则是近似于无了。突然想起他留在周先生书房里的那些笔记，那些走遍全国，深入大地而得来的鉴宝秘籍，许是"青花王子"一生的积累。

有人每天都在奔赴新的征程，也有人一生只做一件事。"青花王子"以一生的经验告诉我们，没有人可以做到尽善尽美，人这一辈子，可以做好一件事，就已经很了不起了。

美 食 家

夏天到了。

杰森说，来吃小龙虾吧。他说这句话的时候，十分家常，像楼底下的苍蝇馆子老板随口说出来的话。

小龙虾是这个城市入夏最火热的美食，没有之一。杰森的饭店也不是一般的饭店，是这个城市里少有的创意餐厅，没有之一。

小龙虾烹制方法千奇百怪，香辣、蒜蓉、油焖、十三香、卤水、梅干菜等。城市入夜，街头巷尾到处飘来小龙虾的香味。都说这个城市流传着一个笑话，说是没有一只鸭子可以游过长江，说的是这个城市的人爱吃鸭子，每年能吃掉三吨鸭子。这个城市的人同样爱吃小龙虾。小龙虾把这个城市的人聚在一起，聚在浓浓的夏夜里，有了勃勃的生机。

杰森烹制的小龙虾堪称一绝。他专门给自己做的小龙虾起了一个名字：龙虾上树。但见一只只小龙虾挂在用钢丝做成的"大树"上，像一只只长在树上的怪兽。大树下面铺了一层干冰，干冰上面是生菜。干冰遇热，云雾蒸腾，像是仙境一般。

杰森取下一只小龙虾递过来，说，吃吧。众人四目相觑，竟有些不忍破坏这刚搭建好的"盛景"。

杰森是个美食家，这毫无疑问。

杰森十九岁的时候就进烹饪学校学了厨师，第二年通过劳务派遣去了遥远的以色列。当时，和他一起毕业的同学大多选择了欧美发达国家，只有他选择了中东。他说当时没想太多，就觉得那里比较神秘，给的薪酬比发达国家还高，能不去吗？

去了以后，他才知道，这里仍然充斥着战乱和暴袭。经常三更半夜听到枪炮声，每次他都要抱着头往外跑。当地的人倒是见怪不怪，像没事人一样睡到天亮。渐渐地，他也习惯了，战争对于这个国家来说，早已是家常便饭。

以色列是一个东西兼容的国度，饮食自然也是如此。很快，他就学会了做皮塔饼、面包卷和百吉饼。还会调制各种酱料。酱料后来成了他傍身的秘笈之一，他经常能将东西方的酱料进行重新组合、搭配，制造出一种你从未见过的调味料来。尝过的人纷纷叫绝，毕竟，融合中西餐饮的人并不多，能将中西餐饮融会贯通的人就更少。

杰森在以色列做得顺风顺水，很快拥有了一千美金的月薪，这在当时可是天价薪酬。几年一晃而过，回到国内的杰森一直没有离开过餐饮业，他先是在老家开饭店，好的时候每天数钱数到手软。即使收入偶有不尽如人意时，杰森也非常乐观，因为他爱做菜，也只想做菜。

杰森的餐厅就开在一个山脚下的创意园里，巨大的落地玻璃窗外是一个大大的露台，夏天的时候，客人可以坐到外面的露台里消夏吃小龙虾。里面一楼也是餐厅，二楼是他招待客人的地方。和楼下餐厅的不同之处在于，这里配备了全套的厨房设施,墙上还挂满了各式各样的炊具。他在这里接待了一波又一波爱美食的人。基本上都是他亲自下厨,备菜、改刀、配料、烹炒煮。

杰森约见朋友,只有两种可能,一个是他从国外回来了,另一个就是他发明了一道新菜。

新菜自然要邀约好友品尝。这次他新创制的这道"龙虾上树"的菜肴是独一家,因为他结合了中西餐的特点,创制出了金蒜、冬阴功、地中海罗勒、金椒等口味。最多的时候,他创制了108种口味的小龙虾。

更重要的是他让小龙虾上了树。他先是在大盘子里放入干冰,制造云蒸雾绕的仙气,又在盘子里支起绿色的树枝,就像扦插盆景般细致,那些小龙虾就用铁丝钩在树枝上,犹如爬在一棵树上。

吃者赏心悦目,入口更是香味四溢。沈宏非赞过,章子怡也在微博晒过,一下子成了网红龙虾。

二楼不仅能吃到独一无二的美食,还有让人大开眼界的食器。就在餐厅的拐角,有一间屋子,那里的墙上挂满了各种奇奇怪怪的食器。这还是源于他在中东的"留学"生涯，让他早早见识到了来自全世界人们对于美食的点滴见解，特别是聪明的犹太人赋予他的智慧。

这些年，生意越做越好，也越来越忙，杰森行走世界的脚步并没有停止。他每年都要花几个月的时间飞往世界各地。除了体验那些地方的民俗风情，他也会注意收集各式各样的食器。每去一个地方，二手跳蚤市场是他的必经之处，他经常和当地的人打成一片，询问那些奇怪的食器来自哪里。却常常因为语言不通，而最终作罢。

杰森并不觉得沟通有什么困难，他总是手持着摄像机，记录自己的每一次行踪。回来剪辑成一个个小短片，短片里是他在跳蚤市场的每一次交易。而那些食器，据说有的来自皇室，有的来自民间，无一例外，那些食器都带有神秘的图案，它的背后总有一个不为人知的故事。

杰森相信这些食器会给自己带来好运，他将它们从世界各地背回南京，放到自己的办公室。他在老家还专门买了一幢房子，专门放置这些从全球各地背回来的食器。

他最爱的食器是铜制的和银制的，在他眼里，这些金属的食器是古人喜欢的,古人的智慧总是令今人吃惊,他们使用的食器总是有各种各样的机关,如果你不仔细看,往往会误会它们的功能。

杰森给我们展示铜壶,银匙,还有挂在墙上的锅铲和汤勺。这些器皿,在他的办公室里发着光芒,每个进到他办公室的人,都感觉像进了一座博物馆。

上个月,他又去了缅甸,我们在朋友圈看到他发当地的风俗民情,羡慕不已。后来才知道,他是跟随餐饮业的好友们搞了一个慈善组织,是去给缅甸的穷人做饭。做饭之前,杰森和大多数游客一样,对那里充满了好奇,哪怕那里荒蛮原始,连条像样的路也没有,在杰森看来那也是一种美,这种美在自己熟悉的土地上正日益减少并弥足珍贵。到了做饭的时候,杰森才发现当地的缅甸人竟然连双鞋子都没有,都是赤足行走,衣服也是破旧不堪。可想而知,他们的生活过得定是捉襟见肘。

杰森给他们做完饭,和他们一起吃,看着当地人淳朴的目光,他感受到无比的快乐,这是他这么多年游历发达国家所不能感受到的。这些人离我们是如此之近，却依然过着莽荒原始的生活。杰森说，你无法不被他们触动，这是被上帝遗弃的人类，他们无从去改变自己的命运，却又在那片土地上安静地繁衍生息。

杰森是真爱美食的，美食让他懂得怎样热爱生活，懂得付出时间和精力，也要做出人们意想不到的珍馐。那天，我们聊到深夜，谁也不提离去。我们也慨叹生活曾让我们灰头土脸，狼狈不堪，杰森也总会提到最初在以色列的日子，每天如履薄冰。

时光不负盛情，杰森总是会说一句话：做个快乐的厨师，别只是想着钱，钱迟早会有，但不快乐你就坚持不住。他说这句话是博古斯说的，博古斯是法国西餐界公认的厨艺泰斗，这句话可以受用一生。

竹匠老夏

老夏去世的时候,原来一米八的个子缩成了一米五。追悼会上,我突然控制不了情绪,像个孩子似的大哭起来。母亲捶了捶我说,别哭了,快去献花吧。

我照着其他人的样子,木讷地将鲜花放到老夏的身边。他的身边很快就被鲜花围满了,围起了一个花圈。老夏如果活着,一定会说,都给我拿开,只有死人才要花圈。但他现在一动不动,干瘪瘦小得像个营养不良的孩子。

就是那一刻开始,我相信人是会缩小的。人缩小后,就离告别这个世界不远了。

老夏是我的另一个外公。小时候一直不明白自己为什么会有两个外公外婆，所以就变得小心翼翼。因为生性胆怯，又不敢多问，只好沉默不语。

每年夏天，老夏都会如期来接我去避暑。我也不懂为什么避暑要去他家里，因为母亲说那里没有蚊虫叮咬，我便只好跟着老夏走了。

老夏将我接到家就算完成任务了，他把我交给外婆，外婆会郑重其事地给我安排饮食起居，忙着生火做饭，包饺子，把姨父的行军床铺上凉席，一遍遍擦拭，再在凉席上洒上花露水。

整个暑假，在老夏的家里，除了有吃不完的西瓜，和偶尔因为外婆赢了麻将得到的光明牌冰砖外，我的生活无聊透顶。

我经常去翻姨妈留在家里的书和杂志，从《西游记》到海明威，从《大众电影》到《性的启蒙》，我经常思考为什么孙悟空不直接带唐僧坐筋斗云，而非要经历九九八十一难才能到达西天；潘虹和张瑜哪个更漂亮；薛仁贵和薛平贵到底是什么关系；也经常因为在画册上看到赤裸男女而面红耳赤。

实在没得玩了，我就会跑到老夏家南边的竹林里去。那片竹林其实并不大，稍稍走几步就可以穿越过去，抵达对面的城市，但对于一个小孩来说就足够了。

我对那片竹林的好奇远远多于对老夏的好奇。老夏经常在吃饭的时候，喋喋不休地絮叨自己的陈年往事，比如他曾经步行一百多里去安徽的当涂，就为了帮邻居接回闹情绪回娘家的媳妇；比如他曾带着几个同乡的兄弟赶走了山里来的盗匪；再比如他为了看正宗的黄梅戏，和几个票友一路坐着绿皮火车到了安庆，第二天再坐火车赶回来送货。

总之，对于一个小孩来说，他是传奇的化身。但我听多了就开始厌烦，觉得这些事等我长大了我也可以做到。但竹林里的秘密，只有我一个人知道。

我去竹林的事情，老夏是后来才知道的，他停留在麻将桌上的时间远比停留在餐桌上的时间多。所以，我的短暂消失并不会引起他的注意。

我模仿武侠片里的人，在竹林里荡秋千，在被雨水冲倒的竹竿上腾跃，爬到竹竿的半腰上滑下来，有一次被竹枝挂到，大腿内侧登时血肉模糊。我曾经在竹林里遇到过蛇，也遇到过一只狸猫，它们与我眼神对峙后都选择了逃离。我会在雨后去剥新鲜的竹笋。有一次我把竹笋带回去，放到了厨房。老夏打完麻将回来看到地上的竹笋，马上就火冒三丈，质问外婆这是哪来的。外婆一把夺过竹笋，说从街上买来的。

老夏并没有责备我，他从外婆手上接过竹笋，送回了竹林。第二天，我看到那几根竹笋被埋在了土里，冒出了尖尖的芽。至于能不能活，我并不关心，我只是懊恼这几根本来可以下饭的竹笋又回到了土里。

竹笋事件之后，老夏就把我送到了唐老师家。唐老师是老夏的邻居，唐老师和老伴都是教师。老夏的意图很明确，他把我交给一个善解人意的教师，就是为了让我远离那片竹林。

唐老师并没有教我什么，他那时候和老夏一样，已经退休了，每天就戴着眼镜看报纸，黑白电视机永远都开着，上面贴了一层薄薄的三色膜，这样电视画面就有了自欺欺人的颜色。电视上永远在播放新闻还有电视剧。我对电视的兴趣远远不如竹林，甚至不如唐老师家院里的那口水井。水井旁边终年湿漉漉的，井口黝黑，深不见底，井水也像是黑色的，打上来的水却是清澈透明的。我经常趴在井边自言自语，想象着电视里恐怖片的画面，旁边的枇杷掉到头上也顾不上。

院墙很高，唐老师说以前盗贼多，多是从山上下来的，偷鸡摸狗，他们借着竹林打掩护。有一次，老夏带着人候在竹林里，将那帮盗贼全部擒拿。这件事成了远近闻名的新闻，流传了很久。从那以后，那片竹林就被当成了福地，大家都默守着同一个规矩，要看护好这片竹林。

我知道老夏是一个竹匠的事，还是来自唐老师。唐老师家里有不少竹子编的东西，竹篓、竹筐、竹扁担，就连插花的花篓也是竹子编的。唐老师说，这些都是老夏编的，老夏是方圆百里有名的竹匠，经他手编出的农用品、工艺品远销邻近省份，甚至出口国外。

但老夏的家里并没有太多竹子编的东西，连个竹斗笠都没有。唐老师说，老夏是避嫌，他不想让人觉得自己将集体的东西留在家里。唐老师还说，老夏之所以守着那片竹林，是因为这里几次要拆迁，竹林首先成了被规划的对象，竹匠们都不同意。这片竹林隔着闹市和村庄，也隔着人心。几次，推土机和挖掘机已经开到了竹林的边缘，双方起了冲突，竹匠们带着竹扁担冲了上去，把人吓退了，竹林才算保全了下来。从此，老夏再也不做竹子的生意了，那片竹林越来越密，密得像一片原始森林。

夏天的傍晚，蜻蜓在空中飞舞，有的落在了井沿上，有的落在了院子里的花花草草上。我跑过去捉，唐老师一把拉住，说，我教你一首古诗吧，那是宋朝释师范的《偈颂七十六首》中的一首，"蜻蜓许是好蜻蜓，飞来飞去不曾停。捉来摘除两只翼，便是一枚大铁钉。"

他是在告诉我，如果把蜻蜓捉住了，再把它的翅膀弄坏了，就变成一枚大铁钉了。

有一天晚上，我回到老夏家，看到桌子上放着一块竹板和一根竹柄，我以为是哪个唱春的人丢下的快板，可是现在是夏天，不应该有唱春的人。我一拿起来，竹柄就掉在了地上。老夏捡起来说，这叫竹蜻蜓。他把竹柄重新插到圆孔中，双手一搓，那只竹蜻蜓就飞到了空中。我想起唐老师教我的那首诗，想起大铁钉。还真是想什么就来什么。原来，老夏还是知道我是个孩子，还需要玩具。

那只竹蜻蜓并没有一点蜻蜓的样子，充其量不过是一块竹板，用刀沿着两边削出了斜面，中间位置打孔，下方用一根竹柄支撑。

不过几年的时间，那片竹林就消失了。取而代之的是现代化的小区。竹林没了，老夏的精气神也塌了，他经常用收音机听曲子，去戏院看戏，但都不能排解他的怨怼之气。

老夏摔了一次跤后，就衰老了许多，整个人也萎缩了起来。姨父为了让他心情好一点，在院子里种满了鲜花，但他并不在意，他总是念叨起竹林，说起当年竹林大战的事，嘴角就会咧开。

多年后，我在街上偶尔会看到竹蜻蜓，卖竹蜻蜓的中年师傅就蹲在地上，双手忙碌着，十指翻飞，一只栩栩如生的竹蜻蜓就出来了。

我问它这种竹蜻蜓会飞吗？那人就会说，这是竹子做的，怎么会飞呢？

我说，不，有一种竹蜻蜓真的会飞。

聋子阿信

聋子叫什么，我是在他去世之后才知道的。

在这之前，我只知道他叫聋子。聋子是他的名字，是他一生扯不掉的标签。他不介意，别人更不在意。

世人都知道聋子是小偷，但他从不偷邻里家的东西。早些年月，他也偷过，但被家人打得死去活来，警告他，兔子不吃窝边草，偷谁家也不能偷左邻右舍。聋子咧开嘴直乐，乐表示他听进去了，听进去就不会再犯了。就怕他阴着脸，阴着脸就表示他不服，他还要变本加厉，继续偷下去。好歹，他是乐着离开了，他把手伸向了更远的地方。白天蹲点，晚上行动，只要出手，绝不落空。总之，偷东西是他与生俱来的本领，他不能闲下来。闲下来的聋子魂不守舍，到处转悠，只会让更多的人不安。

　　谁也不知道他的偷盗本领是什么时候学会的，师出何门。他不像职业小偷，会在和你擦肩而过时将你的钱包进行乾坤大挪移，也不会深夜潜入某个人的家里，洗劫一空。聋子偷回来的东西，其实并不值钱，都是人家扔在门外的旧报纸、旧纸箱之类的，偶尔也有破铜烂铁的玩意儿。只是那时候大家都穷，看不得有人动自己一针一线，何况积少可以成多，何况还是悄悄地顺走。

　　所以，聋子也没少挨打，也被抓进去坐过几年牢。聋子坐牢的事被大人当成教育小孩的反面教材，说你要是不听话，就会像聋子那样被抓起来，小孩听了战战兢兢的，自然就听话了。

　　从牢里出来的聋子，眼神变得阴郁了许多，也凶狠了许多。每次聋子路过时，大人就会拿他吓唬哭闹的孩子，说你看，再哭闹，聋子就要过来把你带走了。小孩子听到，立马就不哭了。

　　聋子不是瘟神，他只是耳朵听不见，眼神明亮得很。大人训斥小孩的时候，他会站在不远处看着，嘿嘿地笑，表情并不那么狰狞，相反是和蔼的。大人一边训斥小孩，一边朝他使眼色，让他快走，别吓到了小孩子。

我小时候就不怕他，因为他总是冲我笑。记得有一次，我嘴馋了，去打邻居家树上的梨，但因为隔着院墙，怎么也够不着。聋子正好路过，看见了，他便过来帮我打梨。他用一根竹竿伸到树上，绕着有梨的树枝那么一旋，梨就脱离树枝被带了出来，砰的一声落到我的面前。他一下子打下来好几个，还没从地上捡起来，主人就发现了，追过来要打他。我说，梨是我要打的，不怪他。主人这才罢了休，说要是下次再见他来打梨，非打断他的腿不可。

偷东西成了聋子终身伴随的技能，日复一日，年复一年。我每次回来的时候，见到他，他只是变黑了一点，变瘦了一点，但还是冲我笑。有人说，聋子没读过书，他羡慕读书人，他只是对读书人笑，对其他人都是阴着脸。所以你家不用担心他来偷东西。我家也确实没丢过东西，放在窗台上的都是花花草草，他拿去也换不了什么钱。

聋子惹过很多祸。比如他有一次偷东西的时候，把人家女人的衣服带回家了，女人觉得受了羞辱，上门又哭又闹，聋子娘只好出来跟人家赔礼道歉，说聋子根本不懂男女私情，一定是天黑没看清顺手带回来的。女人死活让聋子赔偿，聋子就啊啊啊地冲过去，哗的一下把裤子脱了，里面露出女人的衣服，女人吓得哇的一声跑了。有一次他去造船厂蹲点，那里经常有工人把废料往外面扔，什么三角铁、螺丝帽、废钢管之类的。聋子看见那些生铁都很重，也没人要，就用绳子扎起来往家里搬。但不知道为什么，竟把一些重要的零部件也给搬回来了。造船厂的领导过来找他家人谈话，说这件事性质很严重，要报案。家人吓得直哆嗦，说能不能私了。对方说不知道聋子偷了多少，要去他家里查看。这一查看不要紧，聋子私藏物品的消息就传开了。据说，聋子家有一间屋子，里面堆满了他偷回来的东西，分门别类码放得整整齐齐。从图书、纸箱、生铁、塑料盆、瓦罐，到罐头瓶、牙膏皮，应有尽有。看上去像一个整洁的废品收购站。

最终，造船厂的人还是报了案，警察过来把那间屋子全搬空了，并贴上了封条。聋子也被抓了起来，只是进去没多久，就被放了出来。因为没法交流，自然就没法对他进行警示教育。最多打他一顿，让他长长记性。

聋子惹的祸远不止这些。但有些祸并不是他惹的，只是他不会说话，不会辩解，就只能认栽。

一年江里发大水，有几个孩子偷偷去野泳，结果有一个孩子就被江水卷下去了，其他孩子大声呼救。正好聋子在附近的造船厂等工人们扔出来的废生铁，看到孩子在呼喊，他就跑过来，一个猛子扎下去，把那个小孩救了上来。孩子喝了很多水，受了惊吓，回家后就高烧不退。

结果，到了晚上，家长们都聚集到聋子家门前讨说法来了。聋子爹早就去世了，聋子娘是个胆小怕事的人，平时嘴里总是碎碎叨叨，看到这么多人来要来围攻，吓得躲到厨房不敢出来了。聋子的弟弟倒是胆大生猛，他拿了把铁锹横在门前，一副"一夫当关，万夫莫开"的样子，说你们还讲不讲道理，是我哥救了你们的孩子，你们倒上门讨说法来了，黑白不分哪。那些人嚷嚷着说让聋子出来，说聋子偷东西我信，救人没人会信。

聋子弟弟大吼一声，从家里把聋子揪了出来，一铁锹砸在聋子的背上，登时血肉模糊。聋子嗷的一声就跪在了地上，嘴里叽里咕噜地呜咽了起来。聋子弟弟说，你们都看见了，冤有头，债有主。今天聋子要是被打死了，不怪你们，只怪老天没眼。那些人见此情景，都被吓到了，纷纷散开。那几个小孩子吓得躲到了大人身后，从此再也没人敢去江边野泳了。

聋子是在今年夏天去世的，去世之前，他一如既往地干着他的事业。今年夏天特别热，他和往常一样出门，可是，他忘了自己已经是六十岁的人了。在我的记忆中，他一直都没变，二十几岁的时候就像个小老头，稀疏的头发，黑黢黢的皮肤，眼睛滴溜溜转，他从来就没年轻过，也没老过。但他就是老了，他在出门偷东西的途中，被大太阳炙烤，倒在了地上，就没再起来。

人们发现他的时候，他已经晒得如黑炭一般，像废生铁一样堆在路边。他们将他抬回了家。没人当他是一个小偷，没人咒骂他，更没有人讥讽他，他们就像对待一个平常死去的老人一样，有些遗憾，甚至有些哀怨。他们帮着操办丧事，帮着埋葬，他们早已习惯不再防备他，就像他从来没来过这个世界。

葬礼上，有人说起他爱贪便宜的姐姐当年的嫁妆是他偷东西换来的；有人说他好吃懒做的弟弟娶媳妇的钱也是他偷东西换来的；有人说聋子娘上个月刚刚去世，他怕娘会饿着，去找他娘了。是他供养了这个家，用自己的原罪。他们说起他的时候，就像在说一个遥远的传说。

也就是这个时候，我知道了他真正的名字。

他叫阿信，信用的信，相信的信。

伺 猫 者

　　我是个睡眠比较浅的人，稍有风吹草动就会被惊醒，秋寒之日更会经常失眠。小区里不知何时，多了许多野猫，每逢深夜野猫都会发出叫声，仿佛婴儿的啼哭。那扰人清梦的叫声，此起彼伏，彻夜不休。

　　老人们都说，这是猫在发春呢？

　　我说这都是秋天了，怎么还发春？

　　老人们就会回，发春还要挑季节吗？人都不挑，猫就更不挑了。

　　有一晚，我实在忍无可忍，便尝试下楼去找，来做个棒打鸳鸯的恶人。我找了根撑衣杆，像个滑稽的马戏团演员，要把刚刚还在表演你侬我侬的动物拆散了，分别装到不同的笼子里去。

四处寻找猫的踪影时，那声音反而消失了，像从未有过一样。看来，猫也会玩空城计。正欲返回时，叫声又起。它们似从天而降。急转身时，将将遇上一双眼睛，蓝绿色的，在那低处，一片南天竹的边缘。南天竹长得茂盛，显得那只猫十分幼小。那眼神显然是无辜的，甚至有些悲怆，像极了无来由的困瘦。

我突然有些不知所措。显然，我是下楼来给它们一顿教训的，哪怕并没想好教训的方式。这些生灵昼伏夜行，白日里昏睡在太阳底下，晚上却四处奔波。和许多人一样，过着晨昏颠倒的日子。

那只猫就这样与我对峙着，不曾逃离，也不曾后退。昏黄的路灯下，我们像久别重逢，也像初次邂逅。直到一个苍老的声音响起。

那声音从夜色中传来，有些突兀，但又适逢其时。我真的不知道要如何对付面前这只猫。因为它并没有发出怪异的叫声，甚至有可能它只是路过，并不是我要找的那只猫。总之，它只是个"嫌疑犯"。

珍姨就是在这个时候出现的，她与白天里完全两副模样，夜色里，路灯下，她的面庞光洁，头发纹丝不乱。她正弯腰低着头找着什么，嘴里发出细细的声音。我想起她白天怀里总是抱着一只猫，心想，她莫非也是出来找猫的吧。

珍姨在小区里是个奇特的人。她总是有些疯癫，眼神飘忽，从不和人搭腔，像活在平行世界里的人。有时候，她会坐在绿化带的边上，跷着二郎腿，慢条斯理地整理手上的蔬菜，那些蔬菜是她从菜场捡回来的，有些叶子已经泛黄。嘴里照例骂骂咧咧的，你也听不清楚她到底在骂谁，骂的是什么。当然也没有人关心她骂的是谁，骂的是什么。她神神道道的样子，总是让人敬而远之。时间长了，街坊邻里也见怪不怪，就当她透明人般，所有人路过甚至都不会看她一眼。

她的怀里总是抱着一只猫，那只猫远看毛色浑浊，显得脏兮兮的，走近了看，那毛色反而显得高级起来，也并无半点泥点灰尘，有种说不出的味道，就像一件旧家具，明明一尘不染，你就觉得它脏脏的，旧旧的，留之多余，弃之可惜。

她走路的时候,那只猫会蹿到地上来,遥遥地跑到她的前面,保持一定距离。这时候,她就会慈爱地呼唤猫的名字。没有人能听清她准确的发音,就像从没有人能听清她的骂声里包含的意思。

珍姨年轻的时候家境很好,父亲是个书法家,母亲是高干子女。珍姨从小就会弹钢琴,会跳舞。珍姨到了谈婚论嫁的年龄,母亲为她物色了很多条件不错的年轻人,但她都不喜欢。珍姨早已心有所属,她喜欢上了课外辅导班的同学毅。那时候,国家刚刚恢复高考,他们都想重拾课本,寻找自己的梦想。毅是普通工人子弟,但勤奋好学。珍姨期待有一天,两人都上了大学,可以永远在一起。毅有一天来找她,说自己报名了海员,要出海。珍姨知道他的意思,这一去怕是永远也不会回来。珍姨不知道,是母亲找了毅,让他离开珍姨。珍姨知道的那一天,坐火车去上海和毅告别。结果,只是在甲板上看到了毅的影子,她使劲地挥手,但毅并没有看见她。

回到家的珍姨,整个人变得痴痴呆呆的。后来,她嫁给了一个从广东搬过来的留洋仔,生了一个儿子。留洋仔对她很好,带她去世界各地旅行,告诉她各个地方的风土人情,而珍姨总是喜欢去海港,盯着码头发呆。

留洋仔在五十岁的时候就因病去世了,珍姨也被儿媳赶出了家门,住到了一楼的车棚里。车棚里总是会有野猫出现,珍姨就把这些野猫养了起来,每天给它们喂食,给它们洗澡。

晚年的珍姨,早已没了当年的气色,她总是碎碎叨叨地说着别人听不懂的话。她走到哪里,那些猫就跟到哪里。她也从来不用呼唤,那些猫就像她的随从,或者说她是那些猫的侍从。

那个夜里,我清晰地听到珍姨唤出了猫的名字,啾啾,啾啾。听上去像一只鸟的名字。她一声声地呼唤,直到发现我手上的撑衣杆,脸色有些愠怒起来。

我说,珍姨,这么晚了没睡?

我不是珍姨,我叫珍妮。

珍妮？我似乎觉察出什么来。珍妮，一个似洋非洋的名字，放在平日里一个似乎有些邋遢的老太太身上，总是有些异样。她此时的装扮却十分出乎我的意料，她竟然着了一身绣花的旗袍，手里是一把折扇，像是赴宴夜归的民国太太。她轻摇折扇，嘴里呢喃有词。

在路灯下，我们四目相对，珍姨转过身去。她像是受了惊吓，我说你不要怕，我也是下来找这只猫的。我没有告诉她，我下来的目的其实与其相反，她是爱怜，而我却是气愤。

那只猫见到珍姨，瞬时冲了过去，像一道闪电。珍姨蹲下来，只手轻抚着那只猫，嘴里不停地说，你跑哪里去了，可吓死我了。

珍姨抱着猫往前走了几步，停下，说，是不是吵到你睡觉了？

我说，不妨事的，只是最近睡眠不好，猫叫声确实会有惊扰。

你随我来。

我跟她往前走，不过几十米的距离。她在一间棚屋前停下,说是棚屋,其实就是一楼的非机动车库。仅有不到十平方米的空间,里面挤满了猫。大大小小,肥肥瘦瘦,颜色各异的猫。

它们都是无家可归的,和我一样。珍姨叹一口气。丈夫前年走了,我就搬到了这儿。这些猫每天在小区里闲逛,有一次我看到一只猫被车轧到了,血肉模糊,我就把它埋了。我每天都去喂这些猫,它们也都认我。你看,那只小花猫,前几天刚捡回来的,多可爱呢。

白天再见到珍姨,她又还原成那个疯疯癫癫的样子。只是见到我的时候,她会下意识地抬头,嘴角似有若无地露出一丝微笑,也许并没有,只是我那一刻的臆想。她坐在那里,拾着菜,嘴里叽叽咕咕的,像是咒骂,又像是念叨。

阅读，
是砍向
我们内心

冰封
大海
的斧头。

弗兰茨·卡夫卡

Chapter 5

那些书本
教我的事

"一本书,即是一种人生。我受惠于读书,亦从文字中寻找栖身之所。一本本书,亦是照亮人生之路的点点星光。"

重返小说中人

十几岁的时候读毕飞宇，觉得他的叙事是高级的，他笔下的王家庄就像一种宿命，很容易让人联想到自己的故乡，甚至因为自己是城里人，会在内心里杜撰出这样一个故乡，把自己安插进去，享受小说里面人物的喜怒哀乐。

十几岁的时候，也是读名著的阶段，《红楼梦》《水浒传》《促织》《项链》，这些著名的篇章，是课本上的，也是课外读物上的。读这些篇章，恰恰是与读毕飞宇小说是同时进行的。

这个世界最有意思的地方就在于，无论时空怎么转变，总有一天能让你感受到曾经你期许的，会突然降临在你面前。前一段时间,毕飞宇来上课,像对学子们一样的态度,毕飞宇言辞风趣,他选择演说的文章是鲁迅的《阿Q正传》,这篇耳熟能详,所有人大概都知道的作品,在毕飞宇看来是高级的。

说实话,那天大多数人可能因为毕飞宇的语言魅力,而久久没能离座,全场爆满。而昨天央视的《朗读者》里,毕飞宇选择了自己的作品《推拿》进行朗读,作为献给父亲的礼物。因为他的父亲就在《推拿》完稿的前三天失明了。这像一个讽刺,也像一个隐喻,注定了这部作品的与众不同。

后来,《推拿》改编了影视剧,拿了奖。这些都不能让毕飞宇放下心来,因为父亲,这个从小就无法心灵沟通的存在,失明成了他永久的痛。他说他有生以来第一次握住了父亲的手,感受着这个有着血脉关系的男人的温度。这时候的毕飞宇,比从前的任何时刻都要简单、纯粹,而且通俗。

《小说课》选摘了他在各个课堂上讲过的名著解读,有蒲松龄的《促织》,我很奇怪他为什么将这篇放在了最前面，读完才发现他称这篇文章是一篇伟大的小说，如果没有记错，上一次的课堂上，他说鲁迅的《阿Q正传》也是一篇伟大的小说，他甚至解读了中国人对小说的误区，意即从来就没有中篇小说这一说，世界上通行的小说仅有短篇小说和长篇小说，而中篇不过是国人为了迎合市场，给自己创作的字数限额做了一番调整。

但毕飞宇仍称这篇小说是伟大的，甚至足以与曹雪芹比肩。在他看来，《促织》短短的一千七百字，差不多仅有十条微博的体量，却讲出了一个非常有容量的故事。有政治学、经济学、美学等贯穿始终，"犹如看苍山绵延，犹如听波涛汹涌。"这是多么大的褒奖啊。

最让我感兴趣的是毕飞宇解读《水浒传》的篇章，因为对于我们这一代人来说，《水浒传》无疑成了心中英雄的寄托，没有《红楼梦》的男女私情，也没有《西游记》的神话魔幻，《水浒传》就是写人的，写男人的，准确地说是写人的人性的。在毕飞宇眼里，林冲和李逵是两个极端的人物形象，李逵体现的是自然性，林冲体现的是社会性。"林冲一直没能也不敢做他自己，他始终处在两难之中"，所以，林冲是充满了负能量的，是黑色的、畸形的、变态的。所以，毕飞宇不喜欢林冲，哪怕这个人物在《水浒传》里占据了足够重的分量，且描写得实在是好。

毕飞宇更喜欢李逵，李逵的天真、单纯和狂放，都是值得一个作家细究的，是考验人的"放"的，所以，毕飞宇又一次用一个词称赞了《水浒传》，即：伟大。

"伟大"这个词真是个好东西，它有利于归纳和整理，将过去真正的好东西，真正高级的叙事，通过现实的通俗方法演绎出来，可以说，毕飞宇的解读有别于那些考证一族，他没有费尽心思地去挖每部小说每个人物的性格、家世，八卦于各个人物间千丝万缕的关系，他就是敞开了说，告诉你蒲松龄为什么这么写，曹雪芹为什么这么写，施耐庵为什么这么写，怎样写是高级的，伟大的，是经得起历史的辩驳的。

所以，我们自然地可以联想到，一部好的解读何其重要，它能用巧妙的通俗的方法引领我们重回原著，重返那些我们记忆中不朽的名篇和人物，感受这些人物在当时的立场，感受作者们在立意这些人物时的巧妙构思。

显而易见,这不仅仅是一堂小说课,而是一场高级的讨论,在短短的时间里,足以汲取历史长河里的瑰珍,何其幸也!

看清了命运,也就理解了生活

阎连科是在创作了《我与父辈》十年之后,才抬笔写了《她们》,相较于家族中的男性,女性或未列入他的创作计划中,不是他不想写,而是他不敢写,怕写不好,会亵渎她们。就像他在书中多次提到自己的懦弱,"懦弱是我的人生之痼疾,它终生都如鼻子眼样陪伴着我",他的懦弱让相亲对象走向另一种生活,他的懦弱让不甘平凡的大姐一生都在抗争,他的懦弱让他无法像书写家族中的那些男性一样,可以恣意汪洋,可以挥洒自如,可以埋在故乡那片土地里大哭一场。他可以骄傲地说《我与父辈》是他最值得一提的作品,对于一个荒诞现实主义作家来说,他最自豪的是写了他的父辈。然而,他终于开始书写女性了，以一种更为虔诚的笔调。

对于她们，家族甚至和自己有过关联的女性们，阎连科的动笔晚了一些。如果说"他们"是那片平原上的黄土，那"她们"就是那片平原上稀缺的水。她们在某种意义上更伟大，更像创造了这片平原、这片土地、这个家族的图腾。

用相亲对象作为开头是令人始料未及的，或许是作家怕一开头就触碰内心深处的痛，而选择了那些与自己擦肩而过的人。事实并非如此，她们如漂萍，在自己的人生中倏忽而过，却也留下了些许涟漪，甚至哀伤。有的带点戏谑，有的带点荒诞，有的带有明显的忏悔。既然她们注定与自己会发生一段故事，哪怕短暂得只有一个下午，哪怕后面的命运本与自己无关，作家内心仍充满了忏悔，这种忏悔是基于自己命运的改变，基于自己在长长的人生里获取了更多优越的生活，而她们还在那片土地上重复老一辈的故事。

大姐是个非典型人物，但又是个典型人物。为什么这么说呢？在既往岁月的样板里，大姐多少会承担一部分母亲的角色，更多的是操劳。而作家的大姐觉悟却非常高，早早就安排了兄妹几个的未来，或者说早早就建议大家不要固守在这片土地上，要为自己谋一个出路。显然，她自己也践行着这个目标，也是梦想。作为乡村民办教师，在一批批民办转公办的情况下，她一次次被忽视，像一季的庄稼忘了被收割。大姐是不甘心的，但又束手无策。作家为了大姐一次次放下矜持和自尊，去托关系，去送礼，最终大姐转公办的那天得到的消息却是所有民办都转公办了。大姐赶上了最后一拨转公的机会。是命运捉弄还是天意？大姐转公后两年就退休了，接下来就是无止境地寻找新的活着的意义。可以说她是个典型的乡村里有些文化，试图抗争且能在那片土地上有所建树的女性。

显然着墨最多的是母亲，作家用一整个章节的篇幅来描绘母亲。母亲的描述已经不是传统意义上的书写，在所有游子眼里，母亲的身份总是会被神化。在整个家庭里，特别是农村社会，母亲的分量有时候是高于父亲的。所以作家没有用劳动来描述母亲，而是用劳作。"所以不称女性的劳动为劳动，而是说劳作，这表明着比劳动更为辛苦的劳动和烦琐。"母亲不仅要忙田里的庄稼，也要忙家中几口人的吃食和家务，还要顾及亲朋邻里的婚丧嫁娶。可以说，母亲这个人物扮演着我们传统文化里最经典最具有代表性的角色。母亲是劳作者，也是诗人，她甩开农把式，上岸就是媒人，是管家，是缝纫高手，她就在缝纫机上完成了农家日子的长篇叙事诗，述说着她和乡村女性及其所有人的日子和故事。而母亲也是哲学家。一次误诊后，作家带着母亲去三亚散心。当所有的人都睡了，暗夜里只有月亮的光辉和海涛的声音，而母亲不知所终。原来她独自一人去了海边，目视大海，背对夜陆。母亲忧虑着说出："这儿咋有这么多的水。"然后又说："连科，你说世上真的有神吗？没有神世上怎么会有白天和黑夜、日头和月亮、大海和高山？可你说有神了，神咋会这么不公呢？让这儿的水多得用不完，让我们那儿吃水、浇地都困难。"母亲在忧虑中完成了多重角色的转换，母亲说着神，也慢慢变成了"神"。在母亲面前，自己不过是个愚笨、懦弱而无知的学生和孩子。

在大姐、二姐、嫂子、姑姑、娘婶、母亲乃至其他的女性身上，作者引用了波伏娃在《第二性》中提到的"女人不是天生的，而是后天形成的"，作家认为除了第二性，她们还有文化、环境、历史加之于她们必须有的"男人性"的第三性——女性作为"社会劳动者"身上的他性之存在。这种特性是独属于中国乡村女性的，是中国女性最鲜明的与其他任何地区、国度的女性都不同的独有之特质。

作家在一系列的女性叙事中书就了对乡村女性、对中原女性的、对中国中国女性群体的概论。她们用自己的命运，还原了生活，告诫了生活，最后理解了生活。这是一种对于女性的景仰，是理解和爱，是忏悔，也是追寻，而绝不是疏远、嫉恨和隔离。

苏轼是中国最后一位伟大的文人

于坚写昆明，写建水，写巴黎，甚至写印度，都不稀奇。昆明是他的故乡，建水是他寄托古典乡愁的地方，巴黎是他一次又一次朝圣的世界艺术之都，印度是他的神性之旅目的地。这些都是城市，是天空下的土地，是月光能照见的地方。

但写人，于坚只写苏轼。

在于坚眼中，苏轼类同于但丁，站在文明史上的阴阳线上。他称苏轼是中国最后一位伟大的文人，是早已进入"奥林匹斯山"的圣者。

诗人于坚用一只乌鸦掠过云层，飞向地平线的镜头语言，将我们带回到九百多年前的开封。他要去见诗人苏轼所在的开封,"太平日久,人物繁阜。""四野如市,往往就芳树之下,或园圃之间,罗列杯盘,互相劝酬。""万街千巷,尽皆繁盛浩闹。"从书中引用《东京梦华录》的片段不难看出,于坚还是要从城市着手的,要从文明的附着之地,当年繁盛日久的大宋京城开封说起。

"天空、大地、人生,其乐融融。在世,生活,生活是这个世界的唯一目的,人们对生活的热爱和创造已达极致。此后的中国生活,都将以此为榜样了。"

语境忽转,于坚道出乌鸦来自开封的御史台,也作"乌台"。元丰二年(1079)八月十八日,苏轼在此被关押。如此看来,"乌台之祸"于后人对乌鸦之形象有大改变。

九百多年后,于坚来到开封,乌台早已沦为尘土,开封城到处在拆迁,"中国有形的故乡已经成为抽象的乡愁。"繁闹仍在,却少了东京风物,少了悲怆却豪迈的诗人。

苏轼,终其一生,到过太多地方。嘉祐二年(1057),与弟弟同中进士离开眉山去京都,宋神宗时在凤翔、杭州、密州、徐州、湖州等地任职,"乌台诗案"坐牢一百零三天，贬为黄州团练副使，写下《赤壁赋》《后赤壁赋》和《念奴娇·赤壁怀古》，由黄州贬所改迁汝州团练副使，过九江时写下《题西林壁》。宋哲宗即位后任翰林学士、侍读学士、礼部尚书等职，并出知杭州、颍州、扬州、定州等地。晚年因新党执政被贬惠州、儋州。宋徽宗时获大赦北还，途中病卒于常州，后葬于汝州，实现与弟弟苏辙相聚的愿望，且汝州神似故土眉山，以寄思乡之念。

苏轼的一生跌宕起伏，不是被贬官，就是在被贬官的路上。死后二十七年才恢复全部官职，宋高宗时追赠太师，宋孝宗时追谥"文忠"。

于坚用诗人惯有的语言去描述苏轼笔下的故土，"也许那个圣地在千秋万代之后，面目全非，原址随风而去，但那块地还在，天空还在，盐巴还在；某种诞生过圣者的气象、氛围、土色、味道、日光、星光……还在；……'明月夜，短松冈'（苏轼《江城子》）还在；'春江水暖鸭先知'（苏轼《惠崇春江晚景》）还在；'缺月挂疏桐'（苏轼《卜算子》）还在……"

圣者的故乡令诗人于坚动容，他看到三苏祠一墙之隔,苏家的邻居们躺在藤椅上纳凉,打麻将,喝茶,喝豆花,附近的饭馆里卖着东坡肉。大概这就是生活吧,苏轼的文章令人大觉大悟,牢记世界之出处,生命之意义,总是感激、热爱着生活。彼时,畅快淋漓也有,苦中作乐也有,而此时,他的后人,仍乐此不疲,犹如活在画卷里。

这些悉数被于坚用相机摄下,融入书中。文图结合,正是他近年致力的一种现代"文章",以摄影代画,并主张现代写作要回到"文",而苏轼正是诗、散文、书、画无所不通的伟大"文章"典范。文人,就是写一切,不拘形式,随物赋形。这是于坚对"文人"一词的另类认识:以文章为世界文身。

《在东坡那边:苏轼记》诞生之前,于坚浏览了近千年来关于苏轼的文章、传记和逸事等,"历史试图塑造一部苏轼传奇,流放者、直谏之臣、坚贞不贰的丈夫、慈祥的兄长等等,我则对苏轼如何作为中国中世纪的最后一位文人更感兴趣。"因为同为诗人,同为文人,于坚有更多的感同身受,无论于哪个朝代,心境如一,超越时空,也超越国界。

四十年来，于坚顺江东下，又溯流而上，去往苏轼抵达过的地方。一路上，他通晓苏轼经历、篇章、逸事，又以朝拜圣者故土之虔诚，完成了与既往书写者截然不同之作。

在林语堂眼里，苏轼是"一个无可救药的乐天派，一个伟大的人道主义者，一个百姓的朋友，一个大文豪，大书法家，创新的画家，造酒试验家，一个工程师，一个憎恨清教徒主义的人，一位瑜伽修行者佛教徒，巨儒政治家，一个皇帝的秘书，酒仙，厚道的法官，一位在政治上专唱反调的人。一个月夜徘徊者，一个诗人，一个小丑。"（林语堂《苏东坡传》）

与林语堂不同的是，于坚指出了苏轼世界观中的某种"古典自由主义"倾向。在他笔下，苏轼是一位现代诗人。这是对"五四"以降盛行的反传统，对传统否定性认识的一种另类反思。

在每一处落脚，去遇见朋友，遇见东坡村、东坡井、东坡田、东坡路、东坡桥、东坡公园，与朋友饮酒，享用东坡肉、东坡鱼、东坡肘子和东坡豆腐。

苏轼热爱生活，安土忘怀，相信知行合一，文道法自然。所到之处，以诗会友，以大地为擘画之处。这种思想影响了后人，也影响了当下的诗人于坚。

于坚写道："今日诗人之间的交往，差不多还是这样。写诗，那就是朋友，即刻肝胆相照。我们每每谈及苏轼，大家语气之间似乎都有一个动作，就像基督徒提到圣父圣子之名那样要合个十字，只是没做出来而已。寓居杭州的诗人方闲海也打的穿过杭州城来看我……我们在酒吧里长谈，没有提到苏轼。"没有提到苏轼，但各自心里都住着一个苏轼。

长夜未眠，方闲海送了他一个笔记本，那是用宋代发明的那种蝴蝶装装订的，有一块砖那么厚，就像诗人间的情谊，可以穿越千年，抵达杭州、开封、湖州、扬州、昆明……抵达天空下的每一片土地，月光可以照到的地方。

看见别人的潇洒,
也要看到别人的努力

从十四岁在《南洋商报》发表第一篇影评《疯人院》开始,似乎就注定了此后蔡澜对工作价值的取向——拿到稿费他就带着一帮同学去吃喝玩乐。

倪匡说:"蔡澜是少有背后没有人说他坏话的人。"黄霑说:"蔡澜是我最值得信赖的朋友。"金庸说:"论风流多艺我不如蔡澜,他是一个真正潇洒的人。"

"人生总是漂浮不定的,我们为什么能够稳住呢?好像船上有一个锚,我们有最传统的信条,就是很简单的,孝顺父母、守时、对朋友好。"蔡澜始终坚持答应朋友的事情一定做到,互相尊重,就能得到朋友的信赖。

蔡澜之所以活得如此通透，潇洒，其实和他的成长经历是分不开的。

蔡澜祖籍广东潮州，但出生在新加坡，所以，他通晓潮州话、英语、粤语、普通话、日语等，是个真正的"全球通"。其父蔡文玄，外号石门，因为老家有一个很大的石门而得名。他是一个作家，也是一个诗人，最后才是电影从业者。蔡澜十几岁离家去香港去日本打拼，但和父亲关系一直很好，每周都要写一到两封信，几十年下来，信纸堆积如山。

蔡澜的几个兄弟姐妹多少都受了父母的影响，大姐蔡亮当了新加坡南洋女子中学校长，大哥蔡丹在父亲退休后也到邵氏做发行和宣传工作，弟弟蔡萱在新加坡电视台当监制直到退休。蔡文玄原本在潮州做教师，后入邵氏做电影的发行和宣传工作到了新加坡。蔡澜年轻时之所以到邵氏做制片，也与其父从事电影事业有关。小时候，因父亲工作需要，蔡澜家就住在一家叫南天戏院的三楼，一走出来就能看到大银幕，差不多每天都在看戏。

蔡澜则受父亲影响从小便阅读了大量的名家作品，因此积累了深厚的文化底蕴，为后期的影评创作打下了坚实的基础，十四岁便发表了人生第一篇影评。

年轻时蔡澜极爱喝酒与美食，大致也与其母亲有关，蔡澜的母亲到了南洋后做了小学校长，做事意志很坚决，爱喝点酒，并就着燕窝喝XO级干邑，九十岁了，皮肤比儿女们还白皙。

蔡母曾邀倪匡共饮，倪匡是个酒瘾极重之人，但在老人家面前保留了一丝矜持，说白天喝酒会显得堕落。哪知蔡母拿出一瓶白兰地，说，你年轻人怕堕落，我老人家不怕。

蔡澜对美食的爱是真爱，香港几乎被他吃遍了，一半以上的店铺都有着蔡澜的题字或与食铺的合影。他说，从事电影事业四十年，晚年该开始自己的美食之旅了，去想去的地方，做想做的事。

蔡澜曾与倪匡、黄霑主持过名噪香江的《今夜不设防》，这档节目之所以火爆，是因为这三大才子采访的都是香港一等一的美女明星，而且话题相对劲爆，不避讳隐私，甚至在节目中吸烟、饮酒和爆粗口。

蔡澜也毫不掩饰对美女的喜爱，也曾在多本书中提到自己对韩国美女青眼有加。但这样一个嘴上风流的才子，自己的婚姻却相当和谐。

俗话说，不是一家人，不进一家门。在吃这件事上，蔡澜与太太方琼文是心有灵犀的。方琼文年轻时和蔡澜算是同行，曾是电影监制，工作能力极强，也很聪明，但不算太漂亮，并不符合蔡澜对美女的要求。虽然人不美，可做出来的菜美，尤其是她能用别人不要的下脚料做出美味佳肴。

好比猪肺捆，就是猪肺外面包的那层膜，有肉，有筋，还有软骨。这东西几乎没人吃，但经方琼文精心烹饪后就变成了绝品美味，无论是拿来炒还是做捞饭，嚼起来美味一层层绽放，肉的厚实、筋的筋道、软骨的脆爽，既层次分明又杂糅融合。蔡澜尝过后惊叹："天下至美。"在家时，蔡澜每天的行程如出一辙，尤其是每天早晨，一定是跟太太一起活动。背着那个标志性的金黄和尚袋，挽着太太准时出现在九龙城街市三楼的乐园茶餐厅，这家茶餐厅是方琼文发现的，随后推荐给了蔡澜，从此这里就成了他们吃早餐的定点餐厅。

从结婚到现在,方琼文几乎没有变过,当年什么脾气,现在还是什么性格。蔡澜说,这才是一种比较好的婚姻状态。他们俩之所以能安然相处几十年,还有一个原因就是方琼文对蔡澜是一种粗放式的管理,或者说,根本不管。蔡澜曾经很羡慕金庸有个比他小二十九岁的太太林乐怡,金庸也颇为得意,到哪儿都带着太太。可一次饭局后,蔡澜就不羡慕他了。林乐怡对金庸的饮食监管可谓滴水不漏:海鲜不能吃,怕痛风;猪肉不能吃,担心血脂高;浓酱不能沾,会影响血黏度;豆腐不能吃,血酸浓度会增高……一顿饭下来,金庸只能吃一份白灼青菜,太可怜了。反观方琼文,对蔡澜吃什么喝什么抽什么,一概不管。蔡澜跟太太平时互不干涉,想套近乎了,蔡澜就下厨做个皇帝蟹,太太亲手做个鲈鱼羹,然后开一瓶好酒,一顿美味足以让两人和平共处。

蔡澜的潇洒背后并不是人们所看到的表面那样轻松,读书时为了能看懂外文电影,他上午读中文学校,下午读英文学校;他始终保持惊人的阅读量,"如果一个写作人不喜欢看书，他就没资格做写作人。"时至今日，他仍两袖清风，每天仍在为生活而努力："我是很努力很努力做人，这样才有今时今日。"十六七岁时，蔡澜便离开新加坡去日本求学，就读于日本大学艺术学部电影科编导系，学习电影制作。也是在日本，蔡澜受邵逸夫先生钦点，成了邵氏公司驻日本经理。蔡澜作为监制请香港的艺人去日本拍电影再拿回香港放映。

蔡澜拍了四十年的戏，不可谓没有低谷，鲁豫曾经在一个节目中采访蔡澜，他说当年在日本，邵先生问他，你喜欢电影吗？蔡澜说喜欢。邵先生说，你要喜欢电影的话，就要做得长久一点，只要有人看的电影，你都要拍。人要先活下来，才可以做自己喜欢的事。

蔡澜践行了自己的想法，一做就是四十年，结交了港台大半个娱乐圈的名人明星，赚了钱到处旅行，到过马来西亚、日本、韩国、墨西哥等，那时候他还没想过要去寻找美食，纯粹是为了体验生活。正因为有了足够的阅读和阅历，在他功成身退离开电影圈后，他开始环游世界，开始自己的美食之旅，为美食节目做顾问，做撰稿人，坚持每天写作，继而著作等身。所以，蔡澜现在经常在微博撑年轻人，他认为，没有嗜好的年轻人，才是真正老了。

"活得潇洒并没捷径可走，很简单：你在前期获得的求生本领多了，人就有自信了，自信有了，潇洒也就来了。"蔡澜说自己从年轻时就喜欢看讣告，而且是那些寂寂无名的人的讣告，想象着他们是如何度过一生。可能，他们的人生并无惊涛骇浪，但一生做着自己喜欢的事，便无憾。睡起莞然成独笑，数声渔笛在沧浪。

一切看得开、放得下，活着，就要尽兴！

开到荼蘼花事了

先是读了林贤治《旷代的忧伤》,更早的时候是《纸上的声音》,那些诗一样的书名里藏着的绝不是诗一样简易的文字,林贤治的文章沉浑有力,倔强而高傲,有种不予妥协的高度。

《孤独的异邦人》是林贤治散文随笔系列的其中一本,这本与其他几本不一样的地方在于,林贤治破了先例地用大量的文字提到了亲情,开篇的"写在风暴之后"便是讲父亲在"文革"中的遭遇,往后的"父亲""哀歌"等皆是对父辈和亲情的描述。这些文章与以往不太一样,仿佛由灵魂的深处走出来,走进作家的童年、少年和青年,那个错乱的年代,劫后余生般地呈现在读者面前。林贤治是被那个时代灼伤过的人，有着切肤的痛，伴随着作家的一生，让其感受到困惑、背离和荒凉，这也影响着林贤治的文章较之其他的作家多了一份沉思和体悟。

"我不止一次为世代的城里人感到遗憾，他们没有故乡。故乡犹自温柔着，在暗暗老去的心中……"对作家来讲，童年是挖掘不完的源泉。清明、小屋、野笛、油灯，这些事物只有故乡才有。而远离故土，便是一个大地的背弃者，只能感觉到无比的孤独。

其后，林贤治才写到友人，写一禾的死，怀念黄河和王业霖先生，还有耿庸和何满子，这些知识分子的代表，思想界的先知，他们的远去，不仅是对作家的触动，更是标志一个时代的结束。当然，他不止一次地提到鲁迅，这个对作家影响颇深的人物，在曾经出版过的《人间鲁迅》中即可窥其一二，纵观现今对鲁迅的研究有成就者，恐无人能出其右，一面是故乡，一面是异地；一面是现实生活，一面是书本世界；一面是记忆，一面是乌托邦，想象中的未来。故乡是林贤治的出发地，也是所有人的出发地，我深信所写作的一切又都与它有关，都源自它的给予。这恰恰印证了林格的那句话：童年是人生的源动力。

　　书中的后半部分，还是预料之中地提到了沉思与反抗，还有自由与灵魂，女人与时代，这些经典的力透纸背的文字再次让我们回到林贤治固有的思想体系中，对政治、人性、美学的拷问，对诺贝尔文学奖得主们的分析与试探，以及乌托邦与知识分子的碰撞。

　　"孤独的异邦人"书名来自林贤治对诺尔曼·白求恩的一篇纪念文章，对于中国来说，白求恩是一个异邦人，且孤独，因为其国籍和身份，还有其独立自由的天性。而林贤治从某种意义上也意识到自己的异邦人身份，远离故土，怀念是必不可少的，文学的本质是回忆，而未来只有通过回忆才能变得清晰。开到荼蘼花事了，该记住的总会记住，因为有文字留给我们所有的记忆。

原谅我这一生放荡不羁爱自由

这显然是一段与青春有关的日子，简陋、贫穷、张狂，然而又蓬勃、多欲、顽执。与早年读路内的《追随她的旅程》如出一辙，记得当时买这本书的时候，是因为被封面吸引住了，然后才被故事吸引住。这种吸引很莫名，也很奇怪，是一种似曾相识的感觉，既美好又残酷。

路内要比我大一些，但大不了多少，他笔下的上世纪九十年代初的事情，正好也是我对这个世界抱有觊觎之心的年代。那个年代刚刚经历过一场风波，风向突然变了，整个世界也突然安静了下来似的。所有的人各归各路，各行其道。但再也不是螺丝钉，他们循着自己的路数和方向摸索，企图找到另一种存在，安全的存在。

路内书里的主人公们还没来得及去揣测那场风波，历史就被掀去了一页，准确地说是撕去了一页。他们上了技校，既是命运的安排，也是时代的需求。那时候上技校仿佛是一种既定的选择，大量的国企仍然苟延残喘，所有的父母还抱有一丝希望，可以让自己的子女接班。

总之，和八十年代初的百废待兴不同，九十年代初的人们都持有一种观望态度，谁也不知道明天往哪里去，那么，留守在自己的那一亩三分地里是最保险的。

技校生们有着同龄人无可比拟的旺盛精力和整蛊能力。他们抽烟喝酒打架撩妹，无所不能。对，那时候诞生了一种奇怪的东西，那就是录像机，如果谁家里有了一台录像机，就像拥有了某种身份的优越感。而录像机里播放的，从武侠片到鬼片，再到艳情片，应有尽有。

路内小说的主人公们就是这样一群技校生，他用不下五十个奇特的名字或者说是绰号诠释了一个真正的小镇青年时代，铁和尚、猪大肠、杨痿、卵七、老眯、杠头、火罐、毛猴子、哈巴赵……这些名字奇形怪状、光怪陆离、荒诞不经。你能想象四十个拥有这些奇怪名字的少年，一起进车间干活，一起排队吃饭，一起像奥斯维辛集中营里的犹太人一样光着腚排队洗澡的壮观景象吗？他们又同时喜欢上了一个叫稻草人的女孩。

稻草人女孩成了所有人的梦中情人，但他们发现稻草人女孩少了一根手指，她像其他车工女孩一样，少了一根手指，少了一根手指的稻草人女孩仍然是梦中情人，只是她没法同时分给四十个人。

路内笔下的青春说不上残酷，但在嬉笑怒骂无厘头的纠缠中，你能品尝出苦涩来，这种苦涩是青春独有的，群体性的自私、迷惘，聚众性的孤单、躁狂，就像有一双无形的手，在遥控着这些年轻的灵魂，他们从来没想过挣脱，又无时无刻不在挣脱。

王安忆说：路内小说的好处，在于无意间触碰到了九十年代社会转型期间工厂里的矛盾、世情和人心，没有观念先行、刻意而为，故显得自然而又松弛，这才是路内价值之所在。

路内记录了一代人的青春，也打碎了一代人的青春。碎得一地鸡毛，碎得沉渣泛起，碎得异常模糊又清晰无比。

用一本书还原南京这座城市的真实面貌

纵观古今中外，南京和别的城市太不一样了。与上海、香港这样的新兴城市显然不同，南京是那样古老，古老到走在南京的大街上就像"逛古董铺子"；南京与那些古都也不一样。一提到北京就会令人觉得皇气森然，一提到西安便能遥想中古。只有南京，虽然也历经孙吴、东晋、宋、齐、梁、陈、南唐、明朝，却仍能如此雍容又寻常地存在于这片江南山水之间。

因为经历过太多皇朝的更替，也自然派生出众多的别名，诸如"金陵""秣陵""建业""建康""白下"等，也正因为皇朝更替得太频繁了，世人对南京有太多误解。有短命说，有皇气尽泄说，有阴气过盛说，也有坚持南京仍藏有皇气之说。而《南京城市史》这部著作的问世，不涉迷信，不悖正史，不讳野史，只遵循最真实的史料，写就这一最纯粹的城市史。

有别于政府文本里的南京，薛冰先生笔下的南京，显得更为民间和客观，就连搜集到的史实和物料，都极尽真实。这些史实和史料，都是薛冰先生数十年如一日，走街串巷，从博物馆、图书馆里一页一页逐字逐句地捡拾回来，又从岁月深处一点点求证挖掘，是经得起时间和光阴的推敲的。

薛冰先生为绍兴人，有着江南人最久远的细腻和温情，对于这片自古的皇城山水之城也有着与常人不一样的感情。他时常行走于老城南的巷陌里，微笑着掂量这片经历过无数灾难和腥风血雨的城厢，这里仍充满了烟水气，不时走出来的老人，身上也保留着独属于这个城市的记忆。

《南京城市史》不像正史那般无趣，生动地再现了南京这座城市自建城以来诸多有趣的细节，比如南京城最早的几处城垣，一为江宁汤山镇雷公山，因出土过猿人头盖骨化石以及猿人牙齿化石，成为南京地区古人类活动的历史证明；而北阴阳营遗址的发现，则是印证了南京老城区内最早的居民区所在地。再比如薛老认定南京最初的建设发展都在滨江地区，也就是说，南京从一开始，就是一个沿江发展的城市。所以，我们一贯意义上的以秦淮河为母亲河的定义，是不是要做一些更正了呢？

这部著作也真实还原了南京城的诸多原始风貌，仿佛带着作者回到久远的古代。比如，薛冰先生说秦淮河最宽时达一百三十多米，而不是像现在人们所看到的才仅仅二十多米，可以想见，当年这么宽的秦淮河烟波浩渺的样子。

书中也提到人们最关心的石头城的位置，好多人以为整个明城墙范围内就是当年的石头城，也有人认为石头城可能就是仅仅指鬼脸城那一小块，只不过因倚着清凉山的石头所建所以才唤作石头城。薛老根据多年的实地和史料考证，得出最终的答案，就是始建于东吴的石头城，应该位于乌龙潭以北，清凉山以南，西抵外秦淮河，东含盋山和龙蟠里。这个答案得到了诸多专家的肯定，也渐渐为人们所接受。

最有趣的当然是薛老提到的上世纪初的《首都计划》，这部奠定南京现代化城市规范格局的文件，向来受到薛老的推崇，此计划虽然制定于上世纪二十年代，刚刚从苦难深重的封建社会脱离，可谓是万象更新迫在眉睫。就算放到今日，《首都计划》也不失为一部科学而先进的城市规划设计，对于当今的城市建设仍有相当的参考价值和借鉴意义。

所以薛老对上世纪八十年代南京老城区内的大砍大建颇有微词，虽然后来的南京领导有所醒悟，也开始重视南京的历史文化和遗留保护，但薛老还是表示出一些遗憾，毕竟有些历史遗存一旦没了，再去重建就毫无意义了。

薛冰先生在这座城市生活了五十年，整整半个世纪。他有足够的资格来评述这座城市，来挖掘这座城市的历史。

南京这座城市是有性格的，也是有生命的。这部著作或许不是最严格意义上的城市史，也不是一定要在官方的史册里占据一定的席位；但有一种必然，就是一定会影响后人，影响后来对南京对这座城市有着感情，有着对南京城市历史有探索精神的后人。或许书中的史实会再一次被质疑，被推翻，这些在薛老看来，或许是大幸事呢。

来相爱吧，为了这迷死人的爱情

先锋书店的首发式上，南京几位著名的诗人都受邀上台读诗。黄梵、育邦、子川、马铃薯兄弟、巩孺萍、陈卫新、路漫漫……这么多熟悉的名字，用他们各自的声音诠释诗歌的美妙。

这是我最喜欢的环节，在人多的时候，诗只有读出来才有味道，加上声线好的话，那就再美妙不过了。

几位诗人的声音都不错，有电台的播音员也有电视台的主播，所以他们对读诗真是驾轻就熟，读起来也饱含深情，用万金油的词来表达就是抑扬顿挫。也有完全没有经过播音训练的诗人，他们则随和自然一些，是另一种韵味。

台下的观众大多是诗歌爱好者，也有看热闹的，每每这种场合都少不了看热闹的。但我坚信，大多数人是介于二者之间的，他们既对文学和诗歌怀有某种期待和幻想，又总是不自觉地将自己与这片神往的天地隔离。就像一个原本拥有文学梦的人后来做了屠夫，就算他在某个下雨天诗意大发，他也会竭力掩饰，仿佛掩饰自己内心的怯懦般，好似一不小心，露出了大肚皮下的红色三角短裤，粗俗是粗俗了些，可人家也有内心的娇羞。这就是每个人心中深藏的诗意吧。

诗歌是能让人变得羞怯，我相信。

诗歌也是能让人变得浪漫的，虽然很多人讨厌诗人，觉得诗人太过矫情，太过迂腐，太过文人习性，甚至有天性的狭隘一面。如果你这样想，那是你不了解诗人，一如你不了解诗歌。

当你把大声说话大大咧咧当成大方，当你把语言粗鲁蛮横无理当成爷们，当成豪气，当整个社会原本应该娴静如水不胜娇羞的美丽女子都以女汉子为荣。我们其实都是在变相地与自己剥离，将自己最美好的一部分抛弃，而将世俗中认为可以立世的部分强加于身，并引以为傲。

是的，现实是残酷的，但我们总要学会保留内心的那一丝丝浪漫，它会让你变得更像你，让爱变得更像爱。

这本诗集就恰到好处，没有阳春白雪到不接地气，也没有粗俗到迎合某些低端口味。既然是讲爱情，就认认真真地谈论爱情，用爱说话。

语言的变化带来了思维的变化，白话文运动之后，我们也学会了用现代的语言表达现代的情感。

而这本诗集几乎清一色是现代诗，甚至有很多是年轻的诗人所作。比如第一篇横行胭脂的《就为了一丁点的爱情》，"鲜花可以不对我开放，鸟雀可以不理睬我，时间向我撒下危险的网，甚至不排斥，生活对我会有可能的暴力"，多么具有诗意而又充满现实主义的诗啊，如果用古体诗表达或许就是"感时花溅泪，恨别鸟惊心"这样如对联般的绝句吧？！诗集里也选了一些大家的诗，如徐志摩的《偶然》、戴望舒的《雨巷》、刘半农的《教我如何不想她》，提到爱情诗时似乎都少不了提到他们，是他们给现代诗奠定了基石，让我们觉得这越来越世俗，也越来越拜金、越来越精英主义的社会，好歹还有诗歌的存在，它可以让我们的生活稍稍停下来，慢下来，可以在某个午后，顿住脚步，看看阳光斜斜地穿过树叶，照在脚尖，通过这些光线，你能看到从前的很多人，是他们领着你学步成长直到你展翅高飞，你也可以看到自己是怎样改变初衷，变成一个自己或喜欢或讨厌的人。

诗就是这样，无处不在，无时不在，你抗拒你抵制你用生活的棍棒去赶去驱逐，你仍然无法将它抹去。因为你始终心存美好，就像看到蓝天，你会停下脚步，看到好看的人，你会有欲望。

世界就是这样，无论怎么变，我们都要学会用诗去丈量，只有如此，我们才能深爱大地，才能将你爱的人抱得更紧。

所以，来读诗吧，用你会爱的语气！

所以，来相爱吧，用你所有的力气！

时光漫漶，因爱不老

爱足以抵御时代的洪流

读叶弥的小说，总是从轻松开始，从琐碎的生活开始，像打开一个城市的早晨，烟火渐盛，各色人物在腾腾的热气中一一显现。这是一种对世俗的钟爱，对万物怀有的赤忱。《不老》仍然是这样启程的，豆浆摊一开，吴郭城里人们的喜怒哀乐随着闲言碎语，纷纷上场。纵观全书，感受最深的一个字，仍是：爱。

故事写的是一九七〇年代末，一个女子与一群人，一个城市的纠缠。三十五岁的孔燕妮在等男友张风毅出狱的二十五天里，因爱移情，将最后一段感情锁定在了到吴郭"调研"的俞华南身上。余华南是一个精神受过创伤的男青年，妹妹在一次事件中丧生，对他的心理造成了严重的伤害。这种伤害让他对一切保持着敏感和不远不近的距离。但他还是对生活充满着探究的热望，希望赶上正在改变的时代，充实自己的人生。

从某种意义上来说，余华南代表了当时的一类人，对于过去的创伤无从化解，希冀在即将到来的时代有所改变。我们对于他的"调研"完全可以持怀疑态度，因为在整个小说的进程中，我们并未看到余华南的"调研"有多少实质性的进展，最多他住进了当地的招待所。除此之外，他更多的时间是和孔燕妮度过的。准确地说是孔燕妮带着他走遍了吴郭城，了解这里的世俗风情、人际关系。他并没有迫切地想要得到什么，也许他内心里有强烈的意愿，但他的举动却是微妙的。与其说他是下到地方"调研"，不如说是刺探。他想看看离北京说远不远、说近不近的地方，到底发生了什么变化，人心所向到了哪里。

所以，余华南对于爱情的态度是暧昧的，是模糊不清的。他一边和孔燕妮说自己有一个女友，一边和孔燕妮保持了一种若即若离的关系。这种保守的态度，让孔燕妮十分焦灼，她似乎是那个唯一懂他的人。从一见面开始，她就认定余华南的内心里有着一块化不掉的"冷"，同时，他不仅是来吴郭城"调研"的，还是来寻祖先的根，更是寻找未来发生的一切可能性。余华南留在吴郭城的时间在一天天变少，在仅剩的十九天里，她要豁出去，要焐热他。

这一点和张风毅截然不同，张风毅的爱是博大而开放的，他对于孔燕妮的追求给予了无限的包容和尊重。就算他在监狱里，就算孔燕妮已经很久没去看他，他仍然坚定地相信孔燕妮将活得很好，会勇敢地去追求自己所爱。他愿意支持并祝福她。

三个人，看似三角关系，却有着共同的夙愿。他们对于生活和爱情都是持积极的态度。张风毅对于即将到来的日子是充满了期待的，就算他身处高墙之中，却已经迫不及待地运筹帷幄，指点江山，改变一些人的命运了。孔燕妮则是顺从着自己的内心过好每一天，她要在青云岛上为张风毅接风洗尘，无一人应承赴约，她仍然不厌其烦地邀请，直到自己也放弃了青云岛之约，去了白鹭村创业。即使俞华南模棱两可，他能从北京抽身出来，到烟柳繁华之地吴郭"调研"，恰是说明了他对未来改变的认可态度。他迟早要离开孔燕妮，要回到北京，他们都有更大更宽广的世界。

孔燕妮说："我敢放弃，说明我还年轻。如果我老了，我就要抓住点什么，不敢失去，不敢奉献。只要敢奉献，才是真年轻。"她把每一个对她好的人，都算作一笔进账，这些进账，让她感到满足，让她觉得人间值得。

孔燕妮的等，是因为爱；张风毅的舍，是因为爱；俞华南的欲拒还迎，也是因为爱。他们都在某种程度上受过伤害，但都相信爱可以顺应时代的洪流，抵御风霜之剑，抵达理想的彼岸。

《不老》具有天然的影像化可能

叶弥的小说天然有影像改造的可能，她执着地去写男女的情爱，又不囿于情爱。作为女性作家，也并无必要将男女情爱写到黏腻。女主人公总是荒诞不羁的，男主人公则是有些神经质的。这些男男女女被叶弥投身于一个既定的时代，就有了由小及大、以小见大的宏大叙事，就有了现实主义的社会学本体。从现实中来，到现实中去。人心沉浮，摇曳生姿。这种戏剧化的手法，有别于传统的艺术构思。也让叶弥难以被归类到某个文学流派之中。

时代的影像在《不老》中是随处可见的。分田到户，申请私房退还，恢复高考，中美建交，十一届三中全会召开，村办企业的兴起。还有数不清的江南风物，苏绣、豆花、蒲笋、野茭白、并蒂莲、猪油菜饭、蜡梅花宴。邓丽君的歌，赵忠祥的主持，普希金的诗，打水漂、滚铁环、缝纫机，跳慢三、慢四，渐渐流行起来的高跟鞋、喇叭裤和烫飞机头。那是整个一代人的记忆，有着声光电的纯朴影像。

特别是蜡梅花宴，叶弥用了相对多的篇幅去描写，她通过俞华南的记录，将蜡梅花宴的菜谱逐一摆出，"面拖蟹、炒虾仁、桂花糖藕、野鲫鱼塞肉、菊花脑鸡蛋汤……"这时候，那个虚构的吴郭城，那个叶弥笔下的精神故土，开始有了实实在在的底色，江南的、苏州的味道一下子就扑面而来。

这些印刻着时代记忆的符号和江南生活的印记，在时间的长河中流淌，不着痕迹，却处处显露机锋。这些符号牵引着每一个人物往前腾挪，从过去到现在，再到将来。

叶弥擅于制造好的，且具有诗意的地名。这种诗意和其他作家不同之处在于，她笔下并未就某个特定地点而设定，而是布设了一组地名，形成乌托邦式的小说地理范畴。

吴郭城，蓝湖，香炉山，桃花渡，花码头镇，白鹭村，昙花寺。其中的一些地名不仅仅出现在《不老》中，在既往的小说里，叶弥曾多次用到这些地名，有些如《香炉山》《桃花渡》更是以篇名存在。她在写人的同时，虚构了一个平行时空里的江南，缔造了一个独一无二的文学景观。

这样的地名不可能不发生爱情，不可能不诞生像孔燕妮这样的女性。你可以凭着想象将这些地名与现实中的一一对应，但你无法将那些虚构的人物对号入座。她小说里的人物，单纯又复杂，现实又神秘，阴暗又明媚，她是写一个人，也是写一代人。写每一个人背后潜藏的孤独、坚执和超脱。

她一次次在小说里创造桃花源，却又一次次打破它，带有乌托邦色彩的设定最终都会被现实击穿。他们的命运，随着情节的发展，变得扑朔迷离，变得复杂，也变得简单。复杂的是没有答案，简单的是没有答案就是答案。这种玄妙和神秘，让文学与戏剧的影像化相得益彰，互为反哺。

成功将叶弥的小说《天鹅绒》改编成电影《太阳照常升起》的姜文，曾这样激赞叶弥，"叶弥有本事，她在小说里创造了一个世界，那个世界是你陌生的故地。在你心上，却在她笔下。"

李敬泽则认为叶弥是冷酷的，而且是一种透彻的冷酷，"透彻了再看笔下的人与事，就有怜悯和同情。"

著名编剧杨劲松也把叶弥比作"扛起枪的女作家"，恰好也印证了这一点，"当女作家再'举枪'，毫无疑问又是一部好作品。"

叶弥小说的哲辩之美

福克纳说，只有写人的内心冲突，才能出好的作品，因为只有内心冲突值得写，值得作家为之悲愤，为之流汗。

《不老》中几十号人物，各有各的命运，在时代变革中，各自选择了不同的去处。"什么是时代？时代就是人性。人性在任何时候都有共同的东西，就是追求幸福的愿望。幸福是什么？幸福包含着对物质的追求，更包含着对精神的、真理的追求。"叶弥曾经给时代下的定义，仍然适用于这本书。

我们沿着叶弥制造的时空，可以轻松抵达一种化境。叶弥小说的高级之处，在于她没有启动上帝视角，而是跟随主人公的脚步，在时代的鼓点上勇往直前，无论世界如何变幻，仍要执拗地让世界好起来，将爱的人焐热。

迟子建这样理解叶弥笔下的世界，"从来不是清晰如目的，它常常是混沌未开的，处于烟雨蒙蒙的状态。或者说她笔下的人物，都是经历三生三世的人。游弋在历史长河中的善男信女，亦道亦僧，是民间哲学家、乡野知识分子。"

她喜欢写少年，写成熟的女性，写寺庙。写认命，也写反抗。《不老》中的三代人，恰恰印证了三个时代的特征，奶奶高大进的大胆任性，母亲谢小达的顽固守旧，孔燕妮的无畏炽烈；柳爷爷的才华横溢，父亲孔朝山的风流倜傥，男友张风毅的肆意果敢。

书中有多处提到"不老"，但有三处着墨较重，令人印象深刻，充满哲辩之美。

第一处是主人公孔燕妮已经三十五岁了，仍然在众人中周旋，她是吴郭城里的名人，一点风吹草动都能成为街谈巷议的话题。她又不管不顾地去追求自己的爱情，在刚刚开放的年月里，很多人还处于担惊受怕的心理阴影中，孔燕妮的"狂放"令他们不安，也令他们非议。他们艳羡她的潇洒，也反感她的自由。许多人都成为她的反对者，认为她老了。只有她自己觉得，只要精神不老，人就不老。

第二处是书中提到一个传说，说是村里有一个女子不结婚不生子，到了二十五岁的时候就自然死去，死后再投胎到这个村子里，仍然活到二十五岁死去，周而往复，无限循环，永远只有二十五岁，永远不老。听到这个故事的孔燕妮脑中灵光一闪，立即想到这个故事和自己的类同之处，说这个女子是肉身轮回，而自己是精神轮回。"我要在精神轮回里保持年轻，而不是在执念和自由的平衡中保持年轻。因为平衡会被轻易地打破，但轮回是坚固的，是精神的真正跋涉。"

第三处是孔燕妮和张风毅经常梦见的一个和尚，曾经在梦里对她说过一些玄奥的话，那些话听上去有些道理，孔燕妮似懂非懂。后来在现实中她遇见了这个和尚，和尚出尘入世，名叫"不老"。见到不老和尚后，孔燕妮并未觉得有什么异处，甚至有些失望。她感受到梦境与现实的差别，也感受到时代变革中，人心的捉摸不定和无所归依。

评论家王尧说"不老"是一个哲学命题。张风毅对孔燕妮说，你是自由的。这是一种哲学。孔燕妮对俞华南说，我要焐热你。这是另一种哲学。不老和尚说，寺门没关，你们走的时候别忘了把门关上。这更是一种哲学。

这种哲思的小说创作，足以支撑戏剧的改造。戏剧不仅需要情节，还需要思想的升华，需要内里的浣洗。

回望叶弥之前的小说，无论是《天鹅绒》，还是让她一举成名的《成长如蜕》，都有一种人生的挣扎，显现一种人性渴求的理想主义。她迫切地需要从人物的角色里得到这些东西，让释放的得到释放，让解脱的得到解脱。

叶弥的笔克制又温柔，奔涌又悲悯。在漫漶的时光里，每个人都需要爱和被爱，因为只有爱，可以让人懂得付出，可以永远不畏惧老去。

图书在版编目（CIP）数据

愿你出走半生，归来仍是少年/孙衍著．—增订版．—北京：人民文学出版社，2024
ISBN 978-7-02-018169-8

Ⅰ.①愿… Ⅱ.①孙… Ⅲ.①散文集—中国—当代 Ⅳ.①I267

中国国家版本馆CIP数据核字（2023）第139673号

责任编辑	黄彦博　王昌改
责任印制	胡月梅

出版发行	人民文学出版社
社　　址	北京市朝内大街166号
邮政编码	100705
印　　刷	鸿博睿特（天津）印刷科技有限公司
经　　销	全国新华书店等
字　　数	157千字
开　　本	850毫米×1168毫米　1/32
印　　张	12　插页2
印　　数	1—10000
版　　次	2024年3月北京第1版
印　　次	2024年3月第1次印刷
书　　号	978-7-02-018169-8
定　　价	45.00元

如有印装质量问题，请与本社图书销售中心调换。电话：010－65233595